我就这么短斤少两地活着

哈雷　著

海峡出版发行集团 | 海峡文艺出版社

图书在版编目(CIP)数据

我就这么短斤少两地活着/哈雷著. —福州:海峡文艺出版社,2021.2(2021.9重印)
ISBN 978-7-5550-2236-7

Ⅰ.①我… Ⅱ.①哈… Ⅲ.①诗集—中国—当代 Ⅳ.①I227

中国版本图书馆 CIP 数据核字(2020)第 051718 号

我就这么短斤少两地活着

哈　雷　著

责任编辑　蓝铃松
助理编辑　刘含章
出版发行　海峡文艺出版社
经　　销　福建新华发行(集团)有限责任公司
社　　址　福州市东水路 76 号 14 层　　　邮编　350001
发 行 部　0591—87536797
印　　刷　福建东南彩色印刷有限公司　　　邮编　350008
厂　　址　福州市金山浦上工业区冠浦路 144 号
开　　本　787 毫米×1092 毫米　1/16
字　　数　140 千字
印　　张　10.75
版　　次　2021 年 2 月第 1 版
印　　次　2021 年 9 月第 2 次印刷
书　　号　ISBN 978-7-5550-2236-7
定　　价　58.00 元

如发现印装质量问题,请寄承印厂调换

用诗意把人生清洗得透亮

——序哈雷诗集《我就这么短斤少两地活着》

蒋登科

在旅途中行走，在现实里淬炼，在诗歌里修行，怀揣诗心一路向前，时间和阅历带给一个人的不是皱纹、白发和沧桑，诗意相伴的生命会越来越纯粹，越来越美好。当一位诗人能用自觉而诗意的目光审视这个世界，诗歌自会超越琐碎、狭隘、混沌而变得自由、舒展、澄澈。这是我读哈雷诗集《我就这么短斤少两地活着》的最大感受。我觉得时间赐予诗人的是成熟而温和的光芒，这些来源于生活，融会了生命体验和哲学思考的诗篇，像一枚一枚时光里的琥珀，意蕴隽永而光亮通透。

哈雷和我是同代人，20 世纪 80 年代初期，随着思想解放和改革开放政策在中国大地的不断拓展、深化，哈雷和很多同龄人一样，对诗歌充满了痴迷和热爱，创作了大量作品。他在 1983 年主持成立了"闽东青年诗歌协会"，担任《三角帆》诗刊主编，是闽东诗群的开拓者之一。进入 90 年代，在商品经济大潮的冲击之下，诗歌的热潮有所减退，从事新闻工作、编辑工作的哈雷与诗歌渐行渐远。但是，一个在骨子里热爱诗歌的人是无法永远离开诗歌的。2007 年，哈雷重返诗坛，再次开始了他的诗歌探索之旅。这位"归来"的诗人蓄满了生活的阅历和岁月的感悟，如同一口深井，一旦打通出口，诗意便源源不断地流淌出来。在接下来的时间里，哈雷几乎一直处于写作的井喷状态，出版了《花蕊的光亮》《纯粹阅读》《零点过后》《寻美的旅痕》《寻美山水》等多部诗文集。

我早就知道哈雷，读过他的一些作品，也读过他编辑的《三角帆》。不过，毕竟由于相距较远，我们一直没有机会见面交流，甚至没有通信联系。直到 2019 年 8 月，我们一起在北京参加《诗刊》社组织的闽东诗群的研讨会，才第一次见面，还知道了他也姓蒋，和我是本家。哈雷离开诗歌写作的十多年时间，其实他从未停止诗意的探索。"人生的本质是诗意的，人应该诗意地栖息在大地上。"这么多年，哈雷就如海德格尔所言，一直诗意地活着。回归诗坛之后，他把一切过往和经历都以诗意的形式呈现出来，这部诗集收录的就是他近期创作的诗歌作品。哈雷诗歌的基本特点就是生活底蕴深厚，发自肺腑，既不是简单的写实，也不是虚无缥缈的浪漫，朴实中带着优雅，端庄中不失灵气，平淡中见出精彩，寻常中饱含智慧，沉稳内敛，自成一格。

去掉一些油腻

去掉前缀词语

去掉一些心和肺

去掉一种舍我其谁的幻觉

去掉所有大于一的事物

去做一个无所追逐之人

去做无我也不忘我之人

去做一个没有名头之人

去做减法的人

去做一个素人

地球一天天在膨胀

我就这么短斤少两地活着

——《我就这么短斤少两地活着》

　　这是一首朴素却深刻的诗，哈雷用这首诗作了诗集的名字，肯定有他的用意。可以说，这首诗在很大程度上体现了诗集的主旨，体现了诗人的生活哲学和人生观念。在这个浮躁喧嚣、追名逐利的时代，看遍繁华、历经沧桑之后，哈雷真切地表达了自己的活法：身处尘世，坚守本心，给人生做减法，任外界物欲横流，自己心甘情愿选择短斤少两地活着。记得梭罗在《瓦尔登湖》中写道："一个人，只要满足了基本生活所需，不再汲汲于声名，不再汲汲于富贵，便可以更从容、更充实地享受人生。"看清世界的真相之后，哈雷就这样从容洒脱地活着，享受简单、清澈的生命。"一个伟大的灵魂，会强化思想和生命。"哈雷就像爱默生说的那样，面对现实与生活，通过诗歌抒写真实的思想和本真的生命。

　　"我应该为活得这么老而向短暂的众生道歉/我应该为站在高处而向低处的人群道歉/我更应该为一千多年的繁茂向历尽沧桑

的祖国道歉/我更愿意成为山上的子民/而不是什么王。在鼓岭，我愿意/做一个披发如冠又不愤世嫉俗的人/愿意伴在一口冷寂的泉眼身边/听它终日清吟"（《柳杉王》），诗人借高处的柳杉表达了他的情感取向和人生观念。自然，野生，不愤世嫉俗，珍惜亲情、友情和爱情，渴望与之相依相伴。他写《崖岸》："它有我老父亲一样结实的牙齿/啃得动大鱼身上任何一块骨头……也可以让浪峰破碎/可以掐断风声，也可以放走乌鸦/还能拖着一棵大树朝天空走去/它从来不把海放在眼里/海如此渺小，你瞧/烟蒂那么点大的落日/就能将它全部点燃"，运用象征、拟人等手法彰显了一种无所畏惧、藐视天下、勇猛坚毅的精神。哈雷对人世悲欢、聚散、名利等看得开，也看得透，他的很多作品，对人生的关注、对生活的解读、对命运的思索、对生命的感悟，都尽可能地过滤掉现实世界的喧嚣和杂质，呈现出一片澄静和慈悲，展现着他的精神哲学和人生境界。

读哈雷的诗，我们可以说诗歌就是他的生命方式。他热爱生活，热爱创作，对生活始终充满着激情和浪漫，内心始终为诗歌保留着一方净土。这本诗集分为两个部分，"南十字星下，诗歌是一个人的萤火虫洞"，收录了他写于福州和奥克兰两地的作品；而"一个走失的诗人回到故里"，主要是写他回到故乡的各种体验和感受，表达了对故乡、亲人的深情眷恋和感怀以及对人世万物的炽烈的爱。

关于辑名，我们首先应该了解一下两个概念。"南十字星"属于南天星座之一，位于半人马座（Centaurus）与苍蝇座（Musca）

之间的银河内，形如"十"字，在北回归线以南的地方均可看到。"萤火虫洞"是一处著名的景观，本名叫怀托摩萤火虫洞（Waitomo Caves），也称萤火虫洞、怀托摩洞，位于新西兰怀卡托的怀托摩溶洞地区，因其地下独特的溶洞现象而闻名。在那里，地下的石灰岩层构成了庞大的溶洞系统，由各式的钟乳石和石笋以及萤火虫来点缀装饰，景色非常优美。我猜测，时常往返于福州、奥克兰的哈雷，借用这两个意象所要暗示的，应该是他的家乡与他乡。无论身处故国家园，还是异国他乡，他的诗歌一直连接着"南十字星"和"萤火虫洞"，也照亮了他的生命，成为一种超越时空的精神性存在。

对于有心人来说，昼夜交替，万物存在都蕴含着深刻的意义。哈雷的日常生活、行走、思考都是诗歌的源泉，客观世界映照于心，抨击心灵，于是他便如同打开了龙头的水流，文思泉涌。他的书写，纵横捭阖，恣意洒脱，像一个魔法师，总能很好地运用艺术的方式将瞬间的时空蝶变成闪光的诗章。正如他的《一首诗》所写：

小鸟轻啁，把我叫醒

太阳，这只红蜘蛛爬进窗来

用它金色的细腿狠狠踢了下懒卧的我

顺便抛下一束花香

楼上，那个五个月前把我变成姥爷的小男人

啼叫了一声

——像上帝递来一个好句

让我翻滚起床

把一天，写成一首诗

连小外孙的一句啼哭都能带来美好的诗句。他把每一天都活成一首诗，时间沙漏滴落的都是锦词妙句。在"南十字星"下，哈雷手执诗歌的灯盏，自由地穿行于现实与邈远之间。

哈雷诗歌的题材非常丰富，诸如《三坊七巷》《灯心草》《铜瓷张》《火笼》《牛羊群》《夜蝶》《光明》《普普卡湖畔》《小窝窝》《桃金娘》《近旁的木棉》《狗尾巴草》等，这些寻常所见的事物，掠过他眼前的风景，路上遇见的人，都能在他的笔下绽放诗意的花朵，流淌出别样的情怀，彰显出个体生命的独特思考。

他从蝼蛄细微的声音里听出了生死轮回，"是蝼蛄得意自鸣的声音/在温润的草丛里/它轮回嘶叫个不停——/生生，死死"（《蝼蛄》）；他从抚琴者身上，聆听到爱情的铿锵誓言，"奴就要为情破一次琴戒，与你一起/作琴瑟以为乐，让灵魂发出/玉磬之声"（《抚琴者说》）；从教堂背面的橡树上看到了苔迹，也看到了树下老妇人的孤独和凄凉，"这次路过这里，我再没见到帐篷里的女人/她的'家'被拉上了一道橙黄色的警戒线/帐篷黏在线上，像一块苔迹，从教堂上掉落"（《苔迹》）；他的域外行走，看见《南太平洋海》浩渺无边，"在消化世界的烟尘、痛楚，重金属的思想"，"喂养大陆和人类"；一杯《霞多丽葡萄酒》，他喝出了"巫语"和"孤独之思"；看到了《酋长》"把权杖交还给大地/把绿玉石项链交还给祖先/把灵魂散落在自然"，浑身浸满孤独和雄性之美；《金色的河道》如同一位眼含秋波的姐姐，她有"半羞半喜的笑脸"和"沉静的心";《麦卢卡蜂蜜》"在月光面前卸下妆来/浅饮一口,唇有点凉,月被月光吻了个遍",带给人美好和甜蜜……这些诗歌是客观世界与主观世界碰撞交融发出的灵魂之光,或借景抒情,或托物言志,语言精美,富有表现力,可以使我们在慢慢的品读中获得独特的艺术感受与启迪。

闽东靠山而面海,是一块天然的诗意之地,孕育和滋养了不少优秀的作家和诗人。哈雷的这部诗集,也抒写了这块土地的山水和诗意,更多地抒写了一个"走失"的诗人,回到故里之后深情地体验家乡的美好。

> 我回来时,江水小满,天空提着杨梅雨
>
> 站在城市的路口迎接我
>
> 一阵茶香把我带入草木人堂
>
> 有锅瓷,兰瓣,半盏牛栏坑肉桂
>
> 浮在尘间的一片叶子
>
> ——像出家多年,又流入人世
>
> 让我动了五月的凡心
>
> 饮你,一口就过敏——原谅我离开太久而水土不服
>
> 第二三口解我一川武夷烟雨的相思缠绕
>
> 我见三姑眼波如谜,身披蔓草,怀揣心经
>
> 也抵不住楚楚襟口上那一行雁字归来的天书
>
> 也抵不住禧儿双手执壶倾身颔首低眉的样子
>
> 今夜我要做回最好的闽人
>
> 择大榕树旁闲散的楼,最暖的怀,最温的汤水

去和茶谈一场最好的恋爱

不知不觉就做了山河的一分子

草木的一分子

不知不觉在一场茶聚里

在空了的身体里

索回我失去半年的光阴

今日小满：宜茶事

小得盈满，即是圆满

——《小满茶事》

　　回到故里，漫天杨梅雨淅淅沥沥，一阵茶香带他来到"草木人堂"，但他发现"一口就过敏"，原因是"离开太久而水土不服"，于是他接着畅饮，以解相思之苦。口中的茶、眼前的人、心中的梦，交织在一起，诗人对故乡的眷恋都在这杯茶里得到了尽情的抒写。这哪里是饮茶，分明是品尝浓浓的乡思乡愁！这杯茶里有着太多的人生感悟和生命喟叹，而"小得盈满，即是圆满"，则将饮茶之事提升到更高层面的生命意识和人生观念。

　　夜色降临，他静坐，倾听《陶罐里的蛙鸣》，感受夏夜的清凉和寂静，青蛙如同我"埋伏在幽暗的诗里，那样的缓慢/我们相互寻找，彼此聆听"。二者角色交织互换，让诗意在蛙鸣里无限蔓延。在他眼中，鼓岭的桃花冷艳、高傲，兀自开放，"直到被岚筑的主人酿成了春醪/变暖，才有了世间的温情和薄暮/让一座岭，从春醉到了冬"。诗意的联想，由外及里，由物及人，自然、深刻、流畅，新鲜而独到。

生活的散乱与驳杂，生命的疼痛和美好，爱情的坚贞与凄凉、亲情的珍贵和温暖，远方与故土，梦想与现实，在哈雷的诗里冲撞，交融，渗透。他的诗歌关注生活经历、生命体验、人生态度和内在情感，既有茶香氤氲的茶舍，酿造美酒的酒庄，也有头戴安全帽的外来工人，穿街过巷、专揽些瓷器活的锔瓷者；有开在岭上的桐花，也有漫山遍野的狗尾巴草……他的作品，就是一个缤纷、美好、宁静的心灵家园。

《哈雷论诗》中有这样一段文字："14年对我来说是个宿命，诗歌的宿命，每14年轮回一次。这一年多来止不住内心的狂热，我常常在夜深人静时进入自己心灵的花园。徜徉其间有如游子返回故土，亲切、感动，许多景致似曾相识；和过去不同的是，我开始叙事，开始用名词和动词写作。一方面想让诗歌变得含混，在意义的层面上游移不定，而另一方面又被那些难以捉摸和不断自我构造的东西所诱惑；一方面对清晰、柔美、简洁、有力的语句充满了渴望，另一方面更加迷恋那种跳跃的、通透的语言，并能为此获得欣喜若狂。移花接木，暗度陈仓，余味曲包，缠绵蕴藉……就像布满朝花的朝圣路上诵经的声音，远远近近回荡着，是一种燃烧着的飞翔。让我感觉生命重回诗歌路径的本真和快乐，也是当下自己最想要的一种姿态，一种格调，一种意志和跋涉。"在我看来，这些年来，哈雷就在这样的探索和实践中，一步步走向诗歌内部，诗歌的光芒照彻了他的整个世界。

从某种角度上讲，哈雷的诗，有20世纪80年代北岛、顾城、舒婷等朦胧诗人的色彩，但又不仅仅停留在对那个时代的调整、完善上，更有一种跨越和深入，有着鲜明的个性特色，融合了生命经验和理性经验，充满哲理和思辨色彩，是生命和生活体验的产物。而写作过程中，哈雷保留了一些传统的表达方法，又不断突破与创新。他不跟风，不从众，具有独特的审美意识和独立的写作姿态，在当下各种流派各种风格混杂的诗歌语境下，哈雷的诗歌，注重诗的质地和温度，无论是情感还是艺术，他的诗歌都显得唯美隽永，是对中国传统文化和现代精神的融合与升华。

　　或许可以这样说，哈雷是一个感受者，也是一个思想者。他在远离，也在回归。他遵循诗歌的基本规则，从意象的营造到诗意的呈现，从情感的表达到思想的挖掘，都是特别用心的。他的作品，一方面具有清新、柔美、简洁的风格，另一方面又有着跳跃、深邃和不可捉摸的含蓄蕴藉。在我看来，哈雷就是通过诗歌这种方式，完成了对生活的弥补，实现了对生命的抚慰。他通过疯狂实现了宁静，用斑驳完成了纯粹，把繁芜化成了简单。

　　"南十字星"下，这位曾经走失的诗人穿越诗歌的"萤火虫洞"，在故乡与他乡、此地与彼地之间穿梭，这或许已经成为他的宿命。对二者，他都不会舍弃，也没有必要舍弃，因为这种方式生成了他的诗，使他找到了适合自己的表达方式。在这种氛围中，哈雷像一棵诗歌之树，在岁月的风雨中活得更加超脱挺拔，每一根枝丫都摇曳着灿烂的诗意，每一片叶子都闪烁着思想的光芒。

2019 年 10 月 25 日初稿
2019 年 11 月 20 日修改于重庆之北

目录

第一辑　南十字星下，诗歌是一个人的萤火虫洞

3　苔迹

5　抚琴者说

7　我就这么短斤少两地活着

8　酒庄

10　古铜色

12　火笼

14　镉瓷者说

15　镉瓷张

17　夜蝶

18　灯心草

20　五月

21　一首诗

22　初夏

23　光明

24　三坊七巷

26　蝼蛄

27　崖岸

28　普普卡湖畔

29　一曲终了

30 变化：有形和无形

31 秋天的女人

32 一个人的深远

33 南太平洋海

34 飞鸟翔集

35 漂流木

36 金色的河道

37 酋长

38 霞多丽葡萄酒

39 牛羊群

40 匆匆

41 命的海滩

43 麦卢卡蜂蜜

第二辑 一个走失的诗人回到故里

47 小满茶事

49 欲望街区

51 雨中江景

52 白鹭

53 卡布奇诺

54 漆语如巫

56 依然明亮

57 十万句誓言背叛了一朵浪花

58 退回去

59 读武夷

60　洗杯子

61　芒种

62　越野车

63　金不换

64　夜宿延寿溪

66　莆阳神工

　　　——致木雕艺术大师郑春辉

67　大荒兄弟

69　明谷行馆

71　父亲的河流

72　一位诗侠的甜品

　　　——致萧然和他新创的品牌“花啦啦”

73　围挡之物

75　漂流物

76　高空坠物

77　犄角之物

79　沉淀物

80　无用之物

81　城市高处

82　一棵树的盎然

84　去旧镇：另一种行走

85　和丹娅谈诗

86　道辉的道场

88　光芒来得太快

89　界内

90　小暑诗事

91　把盏

92　旧报纸

93　叹天

94　糌粑

95　鼓岭

96　陶罐里的蛙鸣

97　两只孔雀

98　桃花酒

99　夜宿岚筑山庄

100　柳杉王

101　桐花

102　橘子与柠檬

103　武汉印象

104　蓝色药丸

105　新洲有个诗人叫李燕

107　大暑过后

108　小窝窝

109　千乘桥

110　龙潭里，喝六碗摔碗酒

111　芦苇边上的天朝

113　城墙外的槐花

115　宣纸上的诗句

116 藏云香炉

　　——给林建军同名木雕作品

117 心有星河

118 立秋

119 七夕之夜

120 握紧月色的，都不是诗人

121 武夷居

　　——给清霜一叶

122 安全帽

123 中元节

124 西江月

126 狗尾巴草

127 秋天的含义

128 把日子煮成茶

129 在鲁院，遇见拴马桩

130 处暑过后

132 月鉴

133 闲笔

134 在沙县和诗人谈诗

135 到马兆印家喝酒

136 下落不明

137 你是我未曾睡过的春风

138 诗人皆爱院子

139 那一刻

140　桃金娘

141　"90 后"诗人

143　近旁的木棉

144　心有微澜

附录

146　哈雷近期诗歌写作的三个维度　◎景立鹏

第一辑 ————————————————

南十字星下，诗歌是一个人的萤火虫洞

苔　迹

教堂背面有一片橡树，它是另一种教堂
枝干上的苔藓像是经文
在无声地诵读，人世间的荒凉

我看见有一株已经衰朽的橡树
枝叶脱落，枝干上布满更夸张的绿斑
仿佛要证明它枯死后的繁衍

树下草地上一个老妇人支起一顶小帐篷
边上停着一辆旧车。小车里杂乱堆满她所有家当
帐篷就是她的卧房

一晃几个月过去，橡树叶开始变黄
苔藓在枝干上更显得耀眼
像是帐篷的迷彩，掩饰人世间幽暗的一隅

我还看到那株枯干的橡树：孤单而倔强
车子还在，车身被枯叶掩埋
帐篷里的女人，缩着身体裹紧衣裳

教堂里传出的颂诗黏在苔树上
这一刻，生命多么虔诚，世界如此安详
人们像草木一样在秩序里荡漾

这次路过这里，我再没见到帐篷里的女人
她的"家"被拉上了一道橙黄色的警戒线
帐篷黏在线上，像一块苔迹，从教堂上掉落

抚琴者说

奴是个抚琴女子

心里也藏着一个深远的朝代

于巫山之阳，精魂依草

将瑶姬化作国乐

奴的眼里那些君臣人事物，任他是

文王武王又咋的

不就是随奴勾、剔、抹、挑、托、擘、打、摘

可吟、可猱、可绰、可注，可一曲终了

也可绕梁三日

奴打小就敢以减字谱动了仓颉造字的奶酪

奴端坐瑶台，三百六十五天日日笙歌

上达六合，下接四时

奴虽为艺伎，却游戏于龙池、凤沼之间

敢斫桐木招来凤体

奴熟谙十三徽，点穴帝王身

泛音像天，按音如人，散音则同大地

奴的一器具三籁，可状人情之思

亦达天地宇宙之理。常怀九德

一指空灵，一指清远

奴玩了这一辈子深沉

终沾染古腐之气
今就想弹出活色生香的情欲之音
以你躯体为琴身，筋骨为丝弦，血肉为承露
奴今夜就让你从礼乐中来
返天性里去——
先《流水》，再到《梅花三弄》《阳关三叠》
渐入《广陵散》《潇湘水云》之佳境
让你《欸乃》《酒狂》，直到《平沙落雁》余音渺渺
奴就要为情破一次琴戒，与你一起
作琴瑟以为乐，让灵魂发出
玉磬之声

我就这么短斤少两地活着

去掉一些油腻
去掉前缀词语
去掉一些心和肺
去掉一种舍我其谁的幻觉
去掉所有大于一的事物

去做一个无所追逐之人
去做无我也不忘我之人
去做一个没有名头之人
去做减法的人
去做一个素人

地球一天天在膨胀
我就这么短斤少两地活着

2019 年 4 月 3 日

酒　庄

秋景下
树叶在哭喊
为一排排的树
失去葡萄
哭喊，枯红的树叶
抽搐在风中

植物的虚无
在人类收成之后
一点点减少
秋天，也打了点折
并未将道路铺开
留给黄叶

去葡萄酒庄的路上
一路向西
太阳悲壮地举起手
它把窖藏多年的一瓶
好酒
倒入云层

云朵醉秋

酡红色的美

如橡木桶上的酒色

裸露出葡萄

压抑已久的情潮

酒庄，是她的产房

古 铜 色

从前，我就是个白面书生
一穷二白
靠一张白纸起家
做事明明白白
却也会平白无故
招来一些不白之冤

后来，在俗世中随流
说话，做事
我都要摁住自己的良心
看着别人的眼色
只有在深夜
我会脸红，心跳加速

活在这人的丛林中
我也会摆出一副黑脸
你不能做白豆腐
也不是红柿子
你成不了包青天
至少也要做个李逵

现在，我从白红黑中蜕变
既不单纯，也不迎合
更不会轻易去冒犯
虚室生白，知白守黑
一点点脱出了红尘
让古铜色的心，照亮肋骨

火　笼

从寒冷的冬天跑到街上的孩子
一个个小手都捂着火笼

1967 年，周宁，闽东最高的山城
一堵墙刷着"掀起农业学大寨的热潮"的标语

一排豆芽般的小孩贴着墙站着
小脸被风刮得通红，火笼是他们可移动的取暖器

火笼也是竹编、陶钵和炭火手工的综合体
是贫困和寒冷的童年冬天的暖伴

火钵中草木灰和燃烧的炭火
烤熟了地瓜，焐爆了田埂豆，烘香了童年的梦

耳顺爸是篾匠，耳顺的火笼总是让我们羡慕
笼身编上"花开富贵"，或一朵花，闪了我们的小眼

又一年冬天，这豆芽般贴着墙上站的小伙伴中
少了耳顺，听说篾匠爸爸编了些"封、资、修"的东西挨了斗

我再也没看见那编着油光发亮"花开富贵"的火笼
至于小玩伴耳顺，我也慢慢将他淡忘……

几十年后，我回到山城参加竹编艺术展
在展厅不显眼的一面墙上，挂着一只火笼——

层层环绕密密匝匝的细篾条编织的精美火笼
火钵里插着一枝牡丹。工艺师：耳顺

一缕阳光正好移了过来，像一双童年的小手
捂在火笼上，也捂在我的心口上

锔瓷者说

一把紫砂壶，磕破了壶盖，
泥料好，气氛也好，扔了可惜。
碍眼的裂纹，把残缺的身影和疑问投给了我
等待救赎。
枯瘦的蒿草摇动的窗外，一只蟋蟀
不识时务跳了进来，明亮地趴在壶盖上，
它带来爱的乞怜，为世间美的残缺
乞怜！磕破的伤口
也许会认出你的吻痕，吻痕里的久远记忆，
记忆里一段破碎的情感。
现在让我点上一炷香，香炉里有人间烟火
烟火里住着前辈的匠人太上老君——
也许是我前世的亲人。
器物有自己的生命，因残缺被丢弃
一个生命体就变成冰冷的瓦砾。
锔，和之道
我要让你变成另一种姿态站立起来，
抚去伤痕，锔合起情感的记忆
并让你说话：
万物皆有裂痕，光明借此而来

锔瓷张

那些年的锔炉匠，穿街过巷，专揽些瓷器活
那年的人们节俭和易碎的生活，需要打上补丁

街挑子的家当，一头是风匣，另一头是工具箱
箱顶上四个屉子，风匣上边放个小泥炉
你要是化点银铜铁，这就装上焦炭，就拉风匣
火苗吹着就给它烧化了

锔瓷张的师傅精通嵌、铆、镶、锻造、雕刻、包银、锔瓷
却无法缝合日渐破裂的家，老婆带着孩子跑了
锔瓷张三岁那年枯索在寒风的巷子里
师傅捡了他——他至今不知道爹娘为啥抛了他

锔瓷匠，供奉的是太上老君
老君是大工匠，修补造化，给天地宇宙打补丁
他们也打补丁，锔补细细碎碎的日子
每日上香，磕头，然后起身挑着担子吆喝着出门

世道变得快，富裕起来的人们嫌弃补丁的生活
师傅老了，眼花了，生意渐渐地清淡了

巷子外起高楼了，巷子里再也听不见锔瓷张
荒腔走板的声音："锔盆、锔碗、锔大缸……"

好日子过久了，人们又开始怀念起老手艺
锔瓷张也不再走街串巷荒腔走板地吆喝
在老街坊巷挑一面铜匠招牌，专锔名瓷贵器
收的徒弟的文凭叠起来足够让他当个博导

老张说：金瓯补缺，器皿雕残，都是打补丁，都是大艺术
而我心中那缕伤感的人间烟火味，还在怀着小手艺

夜　蝶

墓地总挨着教堂
教堂也喜欢挽着墓地
上帝和人之间
隔着：死亡

天堂的路原来那么近
并没有人愿意很快抵达
就像面对一杯香浓的咖啡
你会一点点缓慢地品

我们不可能一口吞下等待已久的东西
但我们会突然离去
突然倒在信仰的路上——
在教堂和墓地之间

我并不惧怕死亡
但我憎恶有信仰的愚顽
它会像成群的夜蝶从墓穴飞出
覆盖了教堂和鲜花

灯 心 草

直立或匍匐
都没有人会在意
无论处于墙脚，池边，沼泽，水沟地
也没有人会看见
你是一丛像毛发一样哭喊的草
你喊一声，五月
就长高了一寸

你更喜欢生长在旧时代
也曾攀附过江山迟日，相伴
泥融燕子飞
从一城的幽暗中挑亮灯芯
做帝王的枕芯，也做疆场将士裹尸的草席
你还是采桑女手中的提袋
在永在之地，看芳华过往如长沟流月
去无声

而今，有人遍插茱萸
有人采菊东篱，它们都
爬进诗文，入了南山，吻遍了空阶雨滴

而你是那么的多余——
你越生长，就越荒芜
再也不能为这个膨胀的大时代
降心火，安睡眠
消肿去痛。只能从自己
刀割的创口上，改变
流水的去向

2019 年 5 月 1 日

五　月

只是掀动一下眼皮子，就睁开了五月
许多来不及热恋的东西
被突如其来的一场大雨，赶跑

我从小镇的集市上回家
路过一个教堂。人们抱着《圣经》和
沾露的鲜花，等待举行一场
被雨水描述后的婚礼

树枝折断了钟声，花瓣
对着五月天轻轻叹息。突然有光
从教堂的花窗里，逃出

2019 年 4 月 30 日

一 首 诗

小鸟轻啁，把我叫醒

太阳，这只红蜘蛛爬进窗来

用它金色的细腿狠狠踢了下懒卧的我

顺便抛下一束花香

楼上，那个五个月前把我变成姥爷的小男人

啼叫了一声

——像上帝递来一个好句

让我翻滚起床

把一天，写成一首诗

2019 年 5 月 1 日

初　夏

江水涨到了城市的领口
女人的薄裳里抵出热辣的目光

麦子脱口秀后被赶入麦场
一声鸟鸣，果壳开裂，滚出汗珠

龙舟过午，急匆匆，穿过人群
去领取一串粽子的奖赏

我的影子，落在了她的后面
被一阵暖风，吹过了江岸

2019 年 5 月 2 日

光　明

我在黑暗中。比黑暗更暗的胃

咕噜地叫了一声

想起傍晚路过邻家墙根摘了几颗李子

熟得透亮，在窗台上发着紫色的光

我用袖子擦了一个

一口吞下

我又用袖子擦了一个……

舌尖告诉我，李子有着非同寻常的滋味

我打开灯

看到一只青虫正从一颗李子的洞孔里探出头来

我的胃忍受不了这光明的到来

咕噜咕噜地叫个不停

2019 年 5 月 3 日

三坊七巷

青瓦，燕尾脊，马鞍墙
是老街的皮发，筋络，脊椎柱
灶台、石臼、瓦罐、木盆、青花碗……
一些瞬间之物却在为永恒祭奠

一些死去的人，比活着的人更久远
他们至今还穿梭在三坊七巷
在未包浆的老屋墙外窜来窜去
就是找不到自家的门

据说每年有上千万人从南后街流淌过
却没见一个挑梁子的人，提灯的人
打着梆子压低嗓子喊"小心火烛"的人
戴面具的人在为失去的面孔叹息

提着木楦，打开油纸伞，踩着清凉的石板
到水榭歌台，找一双绣花鞋和一个叫徽因的女人
雨水顺着黑不溜秋的青瓦槽向下流
新装的门板张开陌生的脸。大街窄狭，小巷空旷

没有了香烛和油烟气，也没有晚十点后
和清晨五点马桶飘出的人间骚味
挖掘与修复者，在历史的栏杆上拍打了一遍
半个近代史烟云，转眼之间

一株大蓟草在杂乱的脚步和叫卖声中
垂下了眼睑，边上还能驻扎一队兵马和一炉炸鸡
一块坍塌的旧墙，压着明清的词根
手捂暗疾的人，在为传颂之物隐隐作痛

2019 年 5 月 4 日

蝼蛄

南半球开始进入冬天
槭树叶可以红了
红了的叶子可以飘零了
流水可以尽情分解着云的影子
也在分解着我的寂寞
包括一只蝼蛄
它趴在路上一动不动
一声不吭的样子
让我的寂寞，变得
如此明亮

祖国刚好进入立夏
到处是蝼蛄得意自鸣的声音
在温润的草丛里
它轮回嘶叫个不停——
生生，死死

2019 年 5 月 6 日

崖 岸

黄昏，悬崖躺了下来

并对大海呵斥几句

踢它几脚（它曾容忍过大海无数的脚浪）

它要让海水收拢起双手，站成仆人

它像一个忙了一天的油漆工

痛痛快快洗个海水浴

秋风扑来，成片的落叶在身上旋转

霞色将沐浴露涂在它的皮肤上

它想唱歌，它有我老父亲一样结实的牙齿

啃得动大鱼身上任何一块骨头

暮色即将消逝时，它会更加亢奋

隆起肱二头肌——这是它最壮美的时刻

在地球的一侧倾角

它可以随意裸着，也可以让浪峰破碎

可以掐断风声，也可以放走乌鸦

还能拖着一棵大树朝天空走去

它从来不把海放在眼里

海如此渺小，你瞧

烟蒂那么点大的落日

就能将它全部点燃

2019 年 5 月 7 日

普普卡湖畔

所有的季节我偏爱秋天

而短暂的秋天，我偏爱落叶

我偏爱落叶从枯黄到褐红

我偏爱光秃的树枝

和紧紧抓住最后的那片叶子

我偏爱你，带我走进落叶的树林

我偏爱你仰起的脸，等待落叶的降临

也等待正午阳光深情的吻唇

我偏爱这一刻的阳光，准确读懂我的心思

我还偏爱被阳光宠爱的普普卡湖

水鸟划出波纹，分离相别之殇

我偏爱红地毯在脚下延伸

但并不意味着有情人终成眷属

我偏爱心底的落叶打开的秋天

偏爱湖畔缓慢消失的钟点

你是叹息的

我是悲伤的

2019 年 5 月 8 日

一曲终了

我倒茶。那些水滴落的音符

从琴弦上左右滑动

你微微垂下的眼睫，遮住我目光的前行

茶汤里有余音，带着我苍茫上路

头泡茶祭大地之神

然后敬五脏六腑

让我的愁肠也有了空谷回声

你用一曲《关山月》为我送行

没有长亭接短亭，没有

兰舟催发。我半辈子陡峭的人生

——被平抚于流水与琴音之中

眼前有景道不得是哀伤的

而我细小的哀伤，如

缘悭一面的诗句，轻轻一拨

从天而降；如

茶水滴入杯中

指弦息于按音

我和你，没有缘始

谈何缘尽

在北岛，雨季将临，花事渐冷……

2019 年 5 月 9 日于奥克兰

变化：有形和无形

有些变化让你察觉，比如雾霾

稻田成片抛荒，城市变大

那些用旧的事物，又翻转回来

老父亲的记忆，老在怀疑存款上的数字变少

变少的还有怀二胎的人

而我一直等待着一场大雪

从童年那一场大雪过后，再也见不到它

前来覆盖我的宁静

但我更关注身体之外的暗疾

土地在慢慢生病，水流的变细、变缓

三月桃花患上感冒，它却更加艳丽

诗句越来越轻，发不出金属的声响

谎言比蛀虫爬得快，悄悄吞噬着人的肺叶

神看不见忏悔的表情，世界在各自正确的路上

飞奔，用五马分尸

测试自己肋骨的坚硬

2019 年 5 月 10 日

秋天的女人

子午线上，秋天正酿造

一桶酒，把它存放在一个女人身体里

她仰卧着，腹部微微挺起

薄衫中露的乳像紫葡萄，燃烧着酒的光焰

她头发垂落的青草地上

树叶竟然生动地旋转起来，卷过手指

那不是风声，是有人吹响了洞箫

比女人的肉体更为光滑

夜急速降临，她身体里的星群

开始安静下来，只有这时

她能清晰地听取果子从腹部探出的呼唤

脸上不经意飘过一朵红云

一个被春天伤害的女人，依然相信爱情

她看自己是透明的

就像天空看着一湖秋水，跟着成长

数着咯血般的落叶——她在数自己的心情

她不会再去等待男人的诺言

在秋天，她要尽数打开一个女人

最醉人的，最芬芳的

母爱

写于 2019 年 5 月 11 日母亲节到来之际

一个人的深远

吉斯伯恩，你以日出为自己命名
我以人子的名义追赶着你，不料赶上一场日落
山冈、河流、村舍，我所敬仰之物
都沉浸在暮色这宽大羽翼下，如一只大鹏
护送着太阳这颗神卵回家
此刻我捡拾着落叶——红枫是你衣角上的碎片
我将它视为你寄给我一封封情书
都是为了在晚祷后和我告别的
我历经艰难，获取孤独、自由和事物背后的美
以简朴的自然之心对待挂满牛油果树的欢迎仪式
从呼吸的河道上我触到大海最初的叹息
看一条鱼游进了云朵里，吐出星星的泡沫
吉斯伯恩，是你把打开岛屿的钥匙交给了我
带着我行走，去体会南太平洋苦涩的风浪
一个人的深远，一个人的欢欣

日落也是一种赞美。绝尘而去的吉斯伯恩
黑暗又将光线
举过了我的头顶

2019 年 5 月 14 日

南太平洋海

海这条大鱼

睡在海床里，听着风的曲子

咀嚼着落日的芬芳

它在消化世界的烟尘、痛楚，重金属的思想

搅拌着夜的胃囊，依旧饱含冤屈

它喂养大陆和人类，从未向他们有过索取

馈赠是它唯一的自然教义

也无须来一场春秋大梦，收复

一片败坏的疆土

有时它是那么虚幻，游走在地平线上

留下白色浪脚，很快又被另一只脚抹去

只有滑浪板，这不停转动的指针

放纵飞翔，脱出时间的魔咒，它返回年轻

它知道这么走下去的结局

或者通往死亡，或者归回大地，直到天空矮下来

海豚成排跃起，和它保持着

相望的距离

而边上，世界在动荡中，焦躁不安

2019 年 5 月 14 日

飞鸟翔集

云逐渐变冷，惊动了鸟群
顺着风，它们飞向高空
飞向黄昏的入口
它们议论不休，而森林无边

一会儿滑行，一会儿和鸣
累了就在高高的杨树枝上栖息片刻
它们眼中有风雨，有彩虹，还有
诗和远方

飞翔，是抵御寒冷的一种方式
也是生命自由的舒展
在它们看来，栖居树林中，是活着
在天空翔集，是生活

2019 年 5 月 15 日

漂 流 木

一块木头，它曾属于某个部落
某个家，也可能还是一个山头之主
在沉默的地平线上，它顶住风暴
屋梁高耸，庇护亲人

它选择了漂流，为了远离火焰
远离燃烧的人群
搁浅在荒凉的海滩上，看星辰离散
森林纷纷倒下

2019 年 5 月 15 日

金色的河道

我记得你的样子，是金色的
是安生姐的，她的红丝带
她眼睛里那一泓波水

是善良的秋叶梦见河水
随海潮起伏，随月呼吸，她身子里的冷暖
她半羞半喜的笑脸

是纯净的露水流向天空
又被云朵送返河道，她沉静的心
留下晚霞片刻的道白

是两叶划过的舢板，她们的桨
荡出轻盈的人生，光与色
伏在黄昏的河道上，爬了过来

2019 年 5 月 15 日

酋　长

我和你的距离
隔着一个碰鼻礼
是人间的约定，是命运
是一群羊的放逐，一匹马的开始
巫术无语，我用苍茫应答

我确认过你的眼神
是属于波利尼西亚的，高山族的
是属于木筏子和刺青者的
是岛上的，忠诚和骁勇的
当然也是孤独的，雄性的，哈卡舞的

你把权杖交还给大地
把绿玉石项链交还给祖先
把灵魂散落在自然
将墓地连接房舍
无关生死，你从枯草中长出欢歌

2019 年 5 月 15 日

霞多丽葡萄酒

好喝的酒是唇齿之间的巫语
交递着神秘气息之美，孤独之思
肺腑之言。你打开这瓶霞多丽
击穿瓶底的戒律
大风中播撒的金叶带走了诺言
说三年后再见，一杯酒
重叙来年

你好，岁月之神
尽管你步履匆匆，以酿造的方式
洞悉人间甘苦，让落霞
成为佳酿，洒向大地万物
用一生去等待
葡萄圆润，但依然阻止不了
人心干瘪

2019 年 5 月 15 日

牛 羊 群

羊群和奶牛，共同维护一个栅栏
它们没入其中太久
早已忘记了各自的年龄

它们像是云的影子
铺满山谷，青草地绿色的乳汁喂养着它们
它们用洁白的乳汁喂养人类

不仅仅乳汁，从它们出生那天起
就注定了被宰杀的命运
喂养的人说：最困扰是屠宰场的人手不足

我脑子里突然闪现：牛羊群冲出栅栏
高举旗帜，遍地呐喊
蹄声扬起尘土，大地倾倒黄沙……

可我眼里只有大片青草，像无碑的墓地
牛和羊，缓慢地吃草，缓慢地挪移着
一曲悲歌从草地，传至辽远

2019 年 5 月 15 日

匆　匆

原本探问海水温泉
不料闯入原始森林
是神谕？赠我群山，密林
和藤蔓苔藓纠缠半日
遇见一丛野菇与一簇败叶
绊住我脚步匆匆

六十年前英国人种下一棵山毛榉
已长成我的年龄和人形
并带我抵向天穹
做自己的山民，为原始的林木尽孝
看山兽行走，野鸟穿梭其中
看日月星辰，岁月匆匆

深幽，潮湿，有远古的气息
封闭石头和草木的前生
已融入山溪，千年也不过如此，匆匆
"初看春花红，转眼已成冬"
恰好给接入幽林中的海水温泉提个醒
莫等到了尽头，枉叹此行成空……

2019 年 5 月 15 日

命的海滩

在吉斯伯恩
命成了最受毛利人拥戴的市长
就像北岛东部蔚蓝的海
拥戴着海滩

命的祖上是华裔
有过漂流史，有着东方明亮的肌肤
曾也躲过风暴、暗礁和凶猛之物
用浪的绷带，裹紧疲惫的心

如今他要退位了
回到霍克斯湾一块巴掌大的海滩上
他要去拥戴大海，用命的海滩
守望祖先来时的路

"慢慢地，一步一步……"
命18年就用这一句治理这片土地
让岸上风景依旧，人心依旧
命的海滩，浪线逶迤

瞧！它多像松弛的绷带

从时间的伤口上脱落

暮光下，一只对风慢叙的海鸟

点醒了我的从前

2019 年 5 月 16 日

注：今日得悉，命已卸任吉斯伯恩市长一职（在此职位上连任六届，18 年），暂到国会种族事务委员会任主任。

麦卢卡蜂蜜

把一把月光请进来
把半坡桃金娘请进来
它的开花季，是你的诞生季
小白瓣的花嘟着小嘴，你从小嘴里采来甜言蜜语

戴草帽的女人认识麦卢卡
手袋里装着一封没有拆开的信
这个季节正好恋爱，你低眉
蜜蜂嗡嗡，它不是那个超度你的媒娘

带回一瓶麦卢卡蜂蜜，你用一壶老白茶迎接她
她要在月光面前卸下妆来
浅饮一口，唇有点凉，月被月光吻了个遍
翻过山头，又是麦卢卡，蜂把蜂蜜拖进了心巢

2019 年 5 月 17 日

第二辑 ——————————

一个走失的诗人回到故里

小满茶事

我回来时，江水小满，天空提着杨梅雨

站在城市的路口迎接我

一阵茶香把我带入草木人堂

有锔瓷，兰瓣，半盏牛栏坑肉桂

浮在尘间的一片叶子

——像出家多年，又流入人世

让我动了五月的凡心

饮你，一口就过敏——原谅我离开太久而水土不服

第二三口解我一川武夷烟雨的相思缠绕

我见三姑眼波如谜，身披蔓草，怀揣心经

也抵不住楚楚襟口上那一行雁字归来的天书

也抵不住禧儿双手执壶倾身颔首低眉的样子

今夜我要做回最好的闽人

择大榕树旁闲散的楼，最暖的怀，最温的汤水

去和茶谈一场最好的恋爱

不知不觉就做了山河的一分子

草木的一分子

不知不觉在一场茶聚里

在空了的身体里

索回我失去半年的光阴

今日小满：宜茶事

小得盈满，即是圆满

2019 年 5 月 21 日

欲望街区

误过了末班车，路灯

拉长了影子，如岩羊，尾随不放

车水马龙的街区

没有一部出租车为我停留

我牵着岩羊

在自己的城市里

迷失

还有那么多小哥在路上奔忙着

给未眠者送外卖

盾构机像土拨鼠钻入城市的腑脏

从内部敲打不停

渣土车沉重碾过路面

浓稠的灯光也重

只有尘，很轻

回家已过子时

晚报女记者在朋友圈发一则消息：

夜班中……凌晨零点 15 分了

窗外的工地上，机械巨人还在忙碌

报社大楼在轰鸣声中颤抖
桌上电脑、眼前绿植随之晃动
让我误以为地震

2019 年 5 月 27 日

雨中江景

一排玻璃幕墙

包裹着一方山水

将闽江，提了起来

雨水，弄脏了城市的脸

它从上游而来，一江漂黄，连同灰云

也被提了起来

夏天堵在自己的路口，脸面全无

只好遁入"江滨壹号"

洗一洗眼神，也把心掏出来，清洗一遍

一株蓝花楹上的灰雀

遥远地瞪着眼

呼哨一声，打水漂那样扑进了江上

这个下午，风可以吹落江笛

桥可以捂住胸口

群峰不言

那么多河流奔往大海时，路过人间

那么多玻璃幕墙

生出云烟

2019 年 5 月 28 日

白 鹭

终日靠在长椅上
隔着窗，望见江，望"江滨壹号"，望见你
望见城市猜不透的心事

船不能做到的
桨能做到，水不能做到的
白鹭可以做到

让一条江更加遥远与自由
让一道水更加明亮和灵动

观江的房子都愿意把视线投向你
有人放弃一座城，愿意去归隐
去"江滨壹号"，去发呆，去等待着看你

由一只飞成一群，又由一群飞回一只

2019 年 5 月 29 日

卡布奇诺

平静，如一杯卡布奇诺
隔着江，遥望另一座城市
我假装在生活，假装懂你，假装停了下来

但这一切因为一场雨水而改变

雨水把江染黄，落寞的小船
推向了水蓼草的岸边
推进了我内心阴影的对面

"江滨壹号"是孤独者的岛屿
藏着太多心事，连灯火都倍感神秘
所谓蒹葭，只是溯水的年华，逆水的幻影

所谓伊人，从诗经走出，至今没走出水中央

一场婚礼，一场烟花
一簇证词，一阵风

心酸的人，品着咖啡
咖啡也会冒出烟火

2019 年 5 月 30 日

漆语如巫

你是我不能说出的秘密
不能揭开的面纱
不可点破，要是点破，就拿一碗生漆
把白天涂暗，把世态涂凉

把人间的黑幕，涂成一簇新闻
把苦痛，涂成下一秒
被说出的欢愉
把破绽百出的我，涂成你喜欢的样子

把红艺坊，端放在红忆屋的对面
便于把爱情打磨成旧物，把故乡作为底色
髹出一棵橄榄树，打磨成流浪者

把螺钿涂上时光，放入荫室
把女人的小蛮腰打磨成昆曲，衣领上的扣
是曲里的慢板，在风华的年月里
用幽微的光，做巨大的梦
从第八道的漆中，剥出巫语

漆是向内的物质
归于一颗问道者的灵魂
要爱一回，痛一回，忘掉一回
才能糅成正果

2019 年 5 月 31 日

依然明亮

五月最后一天，孩子们最开心的日子，花草和童话
彼此舒展，各自明亮

放学了，穿着蓝色校服的金丝雀，呼哨一声，冲出了校园
书包扬起像翅膀一样轻盈，空气中有糖果的甜味
孩子们可以奔跑着，向东，向西，向南，向北

——那是我儿时的场景。如今校园太挤了，城市车子太多了
道路是设定好的，狭窄的，还被围挡占领了大块地方
孩子们的书包越来越沉，以至于背不动，拖着走
上学像搬运工，放学像装卸工……

前方的"六一"节，伸出手来，依然明亮

2019 年 6 月 1 日

十万句誓言背叛了一朵浪花

在这个江边居住

不适合动情，一动情，江水就涨

就泛黄，木棉过熟的花苞，就沉重地

跌落，路边和青草地上

到处是它咯血的表白，过于忠烈

如果人间真有不可遏止的潮水

就躲进"江滨壹号"

和一株紫藤花对视，长久地目送菜叶蝶

离开歧路，越来越小

消失在一杯咖啡的泡沫里

时日不多了，再放纵一下去读几首诗

然后埋在诗里，让骨头安静

十万亩波涛带走了闽江

十万句誓言背叛了一朵浪花

十万场艳遇奔赴密不透风的谎言

2019 年 6 月 3 日

退 回 去

爱因斯坦说：揪着光速的衣角就能退回去。

每到"六一"节
我都想退回去
退回沙堆的山川，泥筑的新房
早晨的露水和母亲的呼唤里
脱去坚固的、虚假的、沉重的
退回到单纯的、天真的、轻盈的

每写一首诗
我都想退回去
眼里有塔松，有风铃，有篝火
也有崎岖，苦痛和伤口
我会像火柴划向黑暗
也会用微笑点亮黎明

我退回去的生活
从不打扰你们，只静立于世界的一角
陪你度过生命中最沉重的时刻

2019 年 6 月 4 日

读 武 夷

"在武夷山，山幽水长读不尽……"

一再读它的山色，坐筏观岚
望见它突出林端的半壁，被云收入怀中
一再读它的水曲，水婉转于低处
出入山岫，垂竿探入的清流，把石卵和野花轻抚
一再读它的洞穴，穿古越今
道人藏蜕于此，诗哲面壁于此，风声夹着书声涂染于此
一再读它的岩石，有净身的沙弥，打坐的老僧
面对黄昏的苍鹰，模糊的身影，置于物像之外，探入虚空
一再读一片叶，用唇齿去读，愁肠去读，遁世之心去读
读它的晴朗的花香，烟雨的痕迹，岩骨的韵味……

读大王峰，抬高我的仰望又浓缩了我身体里的山水
读玉女峰，放纵了我的苦恋又收走了我的心神

读柳永，读朱熹，读辛弃疾，读陆羽，读李纲……
而我读武夷，将一株大红袍作为引言，从季节最深处读出一首好诗

2019 年 6 月 4 日

洗 杯 子

都说是你在洗杯子
其实一直是杯子洗你
洗你的唇：过浓的胭脂，隔夜的口臭，多余的吻痕
洗你的胃肠：油腻，残余，酸腐，也洗去百感交集
洗你的老诗骨，烟筒气，前朝热词，苦涩的笑

"那卑微的闪亮的无畏的是真正灿烂的你"

在洗净的杯里点入茶水，也点入
巅角上的小葱兰，顽劣的梦，彻头彻尾的痴望
然后把杯子看作深渊，把一晌贪欢看作水
往下跳——

"奋不顾身吧，跳入深渊吧
只有苟延残喘才明白光明的意义……"

2019 年 6 月 5 日

芒　种

麦芒，刺破天空的雨披
一把老镰刀，用整个五月的雨水洗脸
现在可以开始收割金黄的六月

山坳的另一头，鸟雀飞过
大雾中，亮犁翻开浸泡已久的土地
把去年的情歌再翻唱一遍

六月精阳：众花退位，晚秧、麦浪、草木、溪流席卷上场
兵马欢腾，为谷黍开道
试纸铺上江山，众考生眸子发光

芒种忙，忙种芒
天黑掌灯，天亮开门
人不可貌相，海水不可斗量

2019 年 6 月 6 日

越野车

一年走到中途，就停不住脚步
起伏的山冈河流，喘息的神色让天空仓促
裁取一段崎岖，挤满了各种嘈杂声
像跑着一辆坏了引擎的越野车
我用路旁的芦苇丈量自己的速度
除了苍茫，还有满腹悲凉
今天是农历五月初五
我要避开那些阻止我老去的记忆
我要用苇茭、螺壳、桃木，五色丝线
为岁月安康祷祝
我要让江河倒出半壶雄酒
让躲着我半辈子的白娘子现出真身
并将真情，洒出一条不归路

在终老的征途上，我自带满身尘土
我就是我自己的歧途

如果真有白娘子
熄火的荒原，定有黎明充当薄暮

2019 年 6 月 8 日

金不换

一株茶长在岩上
更翠绿的一株，于云蒸霞蔚之时，万树空烟之中
自带禅意

一提到茶禅一味，天空就下起金子
汤色荡起琥珀
擅瓯闽之秀气，钟山川之灵禀
中澹闲洁，韵高致静……
倒茶人净手素心
嘘！别喧哗
和、敬、清、寂、俭、真、怡
口谈信仰的人
按克论价

在武夷山，我听到耳顺的茶语是
"好茶不怕山涧深"
我听到最贴心的茶偈语：
喝健康，"金不换"

2019 年 6 月 9 日

夜宿延寿溪

六月九日夜宿延寿溪上的那座酒店
如在故乡的画舫里
看灯火，看星云，看垂落的红荔和村庄的倒影
被水挤上岸来的钓矶上
一个老者戴笠披蓑，看一个旧年号被白鹭叼去

徐潭里的鱼儿会读书，浆声像翻页
一行又一行的诗文潋滟而来
晚风吹过，从一畦蚕豆到两排水芹
都被读作乡土的课本里
墨迹未干的插图，收入万卷书楼

当年刘克庄在这里梦见徐寅拊其背
将诗文投河喂了鱼
几百年后又有人梦见刘克庄拊其背
把河埋进十八里荔林，让清澈水传送鱼的身影
瞧，两岸书声琅琅，万物正在融入

而今夜，我也梦见刘克庄拊其背
惊觉醒来，酒店大堂下学生宴正在散去

人影像鱼儿渐渐游进夜色之中

雨，在轻烟树影中发亮，延寿溪安详

看一首诗唱出"夜窗和泪看舆图"

2019 年 6 月 10 日

莆阳神工

——致木雕艺术大师郑春辉

一株木头的宿命就是退回泥土
若没有遇见你，万山沉寂，万树空烟，万鸟归林
万物只唱一曲轮回的骊歌

以刀为笔，把枯木当绢纸。谁给它脸上封印
发配千里江山；谁将汴梁重置，刀锋上的光照亮清明上河
谁在兴化平原，布满神迹，千古鸿卷以雕刻命名
万千气象集于一块木质

木有原始之美，质朴之美，厚实之美，如你
每一条木纹，走过多少岁月，送走远山近水
也带来了山村野市，渔艇客舟，桥梁水车，行蚁飞鸟……
你的神思妙想里，荔林逼近神性，木香拥抱永恒

2019 年 6 月 11 日

大荒兄弟

事物于枯丑冷寂荒寒萧森中精魂不灭。

我有两个叫大荒的朋友，都用别名，挚爱烂物
一个捡烂木头，一个搬寿山顽石
都爱拿毛笔涂鸦，爱篆刻，八大山人风
偶尔也写诗，一行清贫的句子爱上一行清贫的日子

姓林的大荒这辈子吃定了《山海经》，也被它吃定
将其打磨成现代小说，电视剧，动漫片，手玩
藏了几屋丑石，正好雕神兽怪物
抽烟认准万宝路，吃肉爱啃大骨头

陈姓大荒有点小怪癖，枯木支撑着
令他着迷的拓片，喜喝啤酒，喜生机已灭
精魂傲然之物，大巧若拙，大朴不雕
留一把嶙峋劲骨植入人间

同为大荒，在生活破碎的边缘，形散神不散
看山海浮槎，星辰与亲人离涣，大风

带来石头的呜咽和枯木的悲泣，也打断时光的话头
像两个清贫的山鬼爱上了大地的清梦

                                    2019 年 6 月 12 日

明谷行馆

雨下了又下
心快要发毛
今夜的雨不同，姓明
名谷，有小娇娘的脾气
我喜欢她噘着精致的小嘴
眼里藏着如帘的草色
楼台，石径，一朵小青梅的瓷瓶
都在为雨水构置明朗的剧情
我不能只顾自己喝酒
让雨点自个儿下着
一会儿从善如流，一会儿覆水难收
那位打伞迟到的女人
怀着歉意的笑
将发丝上那一滴雨水，滴落酒杯
像在那场剧情里，当年那个
心怀明月的人
沉陷在一场水色的悬念上

人世间不缺行馆
缺偶遇

一群并不交集的人
各自疏影横斜
于雨意浓密的夜色中，各自流水清浅
汇集于此，姓明，名谷
怀抱一缕小潮的诗意

我注定为赶赴一场携带雨水的偶遇
大醉半日，注定有个理由
让雨水退回天空，护送花草回家
而我刚刚要对你说出的那一句
也悄悄在雨水掩护下，退出

雨水打在了一个动词的碎片上……

2019 年 6 月 13 日

父亲的河流

我离开这大半年
这座城市变得更年少风流
可这条河一下子变老了
面容苍黄，脚步迟缓
一个月来随时躺在病床上，吃药，挂着点滴
白鹭，像我老父亲嘴角上几颗饭粒
趴在那儿，守着一片荒凉的暮色
等待比暮色更荒凉的灯火
像沙砾，撒了下来

父亲
你总是若无其事的样子
不能辨别桃花的冷暖，也无感知水果价格的变化
曾经让你风吹草动的报纸，现在也
与你无关。你退入巴掌大的城池，与吉娃娃相守
抵抗一切登门上访的保健品推销员的笑容
时不时将过去的伟人拿出来景仰一遍
学阳台上的鹦鹉叫上几声
你健康的样子，比得上这条河
体内还藏着一个广场舞大妈
和一个赤婴

2019 年 6 月 15 日

一位诗侠的甜品

——致萧然和他新创的品牌"花啦啦"

那年立春，风至时
萧然，一首诗完爆半个中国
读得我体内烽烟四起
旌旗隔岸，鼓角吹霜，也想携一把老骨头
随你行走江湖
护一生挚爱，横刀立马
诗人应该如你，身上不必有酒气
一定有义气

昨天在御史巷 10-2 号小院
所有的家都是租住的土地，门牌只是一种提醒
你坐在南方的茶椅上，唤出一种凉粉草
一身老诗骨，烧成木炭
慢火熬煮，别人用 5 个小时，你用 7 个小时
别人只用食材，你把食材加良心研磨
押上男人的柔情、诗的韵味和工匠的气息，熬出
一杯立魂的甜品

一个走失的诗人回到故里
一杯烧仙草，花啦啦，水风吹面，流入侠义山河

2019 年 6 月 16 日

围挡之物

女足出线前
曾隐姓埋名于脚下的半径
门将，一个男人肉身的围挡，踢穿了
世纪耻辱的话题
满城尽是黄色的墙
用塑料，束紧心脏
用十四亿双眼，矗起探头

心碎的声音像玻璃在争吵，小肾虚空
无论山河多么壮丽，也做不成一夜情
我在等待决赛的消息
我在堵塞，在奔突，像瓢虫那样在城市的枝丫里
被输入强大的程序软件里
在脑沟回的细部神经里

迷失在城市里的蝴蝶
询问六月荷的心尖
少妇的睡袍询问一双鼓起的乳房
临门一脚的球
询问边界。门将做不到的围挡做到了

探头录下了这一切

这些年，父亲越来越不爱出门了

围挡的前面和背面
下面和上面，一切都在变
这是凌晨发生的事，一辆沙土车将我埋入
消息的内部
女足出线，四川地震，普拉蒂尼被捕
一个夜行者闯了红灯

探头录下了这一切
围挡遮蔽了这一部分

2019 年 6 月 17 日

漂 流 物

一场雨的盛宴，它离开自己的山门
看见光，也看见溺亡的鹧鸪
山间因此空寂

坐在光明桥上，雷暴和闪电同时呼唤它们的名字
喊它们回家
不！它们有离家的冲动，没有回家的自由

神所占据的家园
一寸寸僵硬。怀春草木被南风一刮，脸面全无
它装扮成漂流物，在黑暗中潜逃

在闽江岸上，我看到两艘来往的铁壳船
将它和它的族人们一丝不苟打捞上来
折翅的生命，将再次发配

2019 年 6 月 18 日

高空坠物

我阅读的高处充满悬念
一只眼睛深情，另一只苍茫
大鹏翻阅乌云黑色的书单
它拥有大气的著作权，推广盛世诗章

在它作业的顶处，一些累赘的形容词
像高空坠物
不断地造成人群的慌乱和尖叫
他们开始奔跑

我也加入了奔跑，看到前面的躯体
抛下了自己头颅、手臂、心肺
和双腿
剩下夺命的灵魂
奔跑着，根本停不下来

我看到自恋的修辞术、神话和警句
制造成冰雹的物体，不断坠落
大地承受着傲慢和重击

它有落地之美，却无回天之术

2019 年 6 月 19 日

犄角之物

索德隆说："我们早已不能返回，我们的生活是由我们合力完成的一种意识和图景。"

屋子犄角旮旯
记忆纯粹地隐于阴暗之处
青砖是民国的，苔藓自来年春雨不化
土墙烟火熏过的斑痕和影告别
老烟枪是爷辈们的，爷留不住相好
留下相好用过的丝竹
一只新近学会猫步的老鼠，走了过来
拨出了声响

家乡很狭小，犄角之物越来越大
从一块小小的砖雕麻鼓，到簸箕、犁铧、风车
我还看到榨油机，盘在山坳里的老龙窑
它们渐次被收纳到村庄的犄角里
后来，收纳它们的老屋也旧了
村庄变黑，稻麦金黄，揽入青山之怀
再后来，年轻人离开，老人死去
大山犄角里，田园渐荒，野物无声阔延

有些事物逃离家乡又藏身于城市犄角旮旯

比如娼妓，吸毒者，同性恋和网络水军

而我是一个梦游者

从夜的乳沟滑下，和影告别

行踪诡秘，穿行于诗歌的犄角旮旯

2019 年 6 月 20 日

沉 淀 物

那市井里的面容，绰绰有余，可以忽略

那蜷曲的流浪者，为一物，沉淀在墙角

那宫斗剧在人世间，不停播放，陈年旧事

积物泛起，昔日重来，好似一场轮回

那指骨发白，人心晦暗，天有不测风云

山云乍起，风雨欲来，竹册上经文浮现

花无百日红，归去者，从刀尖上穿过

不得善终。那薄幸郎，弃天平而去，扛着大旗

礼仪之邦，从猩猩变凤凰，仅十步之遥

一切都是算计好的拼贴：在上街永嘉

现代艺术，城市界面，未来视角，人生几何

万物失去了孕期，落下僵硬的面孔

孩子的涂鸦，那一抹天真，一转身成了傀儡

那举起的夕阳是冒险的，沉落在深谷是孤寂的

那星星是忧伤的，是无奈的，照在王朝的城堞上

一口古井，要吞咽下这些苦果——让沉淀物

"嗵"的一声，发出古老的声响

2019 年 6 月 25 日

无用之物

诗歌，之于粮食，可称无用之物

既不可果腹，不能囤积居奇

不能超度苦民，在这个时代，也讨好不了爱人

如庄子所指的那棵栎树，造船会沉

用它做棺，会朽，做家具、门窗、房梁

就会被污损，虫蛀，腐蚀

栎树是散木，诗人是散人，虽无用而独存

桂树之果可食，所以被修剪

漆树之漆可用，所以遭刀割

山木自寇，膏火自煎

一些的祸患隐藏在自己的有用当中

无用之物本更当废弃，但因长在庙堂而得以长存

无用之人无道则隐，它不拉大旗做虎皮

左右不了 GDP，也不能让股市翻红

就哼几句无关痛痒的词

如夜里墙角的蛐蛐，无用且无害

只给无声的黑暗和人心，提了个醒

2019 年 7 月 4 日

城市高处

在城市高处，半边青云，半边江水
到了晚上，水把灯光打捞上来
未谙世事的外孙趴在祖国的地图上，试图爬到海峡的出口
将一艘玩具小舟，推入时间的河流
他笑了
他的母亲刚刚从日本回来，带着笔盒和一捆永不断芯的铅笔
北海道一只野狐的农场和森林
住着东野圭吾，板着
不苟言笑的脸
只有在她儿子那里，才能真正体会人世间不可描述的生命
原来如此透明

一块小石阜上的小寺院
藏入江心。夏天因雨抱恙，布满雷声

在城市高处，我看到的大地
迷雾重重
而我不能返回

2019 年 6 月 23 日

一棵树的盎然

一群鸟鸣带来一棵树的盎然
风从东方来，不敢怠慢。这时
一个身着汉服的公务员走了过来，看见了
一只青虫
挂在枝丫上

小时候他把它称作"吊丝鬼"
现代人称它为"吊丝"

下面是流水
上面有花瓣

江面这么辽阔，一点点风就让叶子长成村庄
整个南岸，缩写了夏天的教堂
人偶在完成软件上的作业
一点风吹草动
特别惊慌

他后悔自己没能成为"吊丝鬼"
或者像"吊丝"那样

热风吹雨洒江天，对着世道人心

冷眼向洋

2019 年 6 月 24 日

去旧镇：另一种行走

一个内度幽黑满是幻想的人，从城市头颅里逃出

我登上自己脊椎的轨道，进入肺部车厢

沿途穿过大肠、小肠和贲门这狭长的隧道

绕过胃和膀胱这巨大的急弯

这些隐秘的风景，忽明忽暗，曲风满腔——

眼里有鹰，喉头有杜鹃，唇上有黄鹂

我按图索骥，却也怀揣虔诚，持签前行

陌生人一杯酒下肚便肝胆相照，便失言，便感到车厢摇晃

嚼烂的诗文被一个小嗝赶跑，便有了月光，骨和筋相遇，粲然一笑

便怀上一颗对尘世的悲悯之心

过了泉州、漳州，过了漳浦，看见蕉丛和蔗林

看见埋在肉里的血性和光芒

看见脚掌大的旧镇

——在我消化过大海和落日的地方

我身体里的动车停了下来

我从肛口出来，踩在新死亡诗派的月台上

有位叫阳子的男人

有位叫道辉的女人

将我摆渡，丹岩山庄

成为我意识模糊阴阳不分的灵魂站口

2019 年 6 月 27 日

和丹娅谈诗

此生托不稳一颗荔枝带来的香艳
那就从轻薄的甲衣里逃出
将内心的白坦露

跟紫薇山处了半晌，误读了《福建通志》
有人爱上"相袍紫"，有人
偷取"马上娇"，有人一口气啖三颗：贵人，妃子，皇后

有人舌尖上封后，有人荔波中称王
乌石山中明月夜，和丹娅谈诗，有人见的是色
而我只见到空

2019 年 6 月 28 日

注：《福建通志》记载："漳州荔枝极盛，而漳浦为最，紫薇山中产'相袍紫'，'马上娇'味甘丽、实大核小，啖两颗则肺腑清虚，飘然欲仙矣！"

道辉的道场

到了丹岩山庄
我们不必躲藏一己之私
掏出你的荔枝，阳子妹妹
让它滚在沙地上
让道辉剥了它
幸福这条狗
舔着嫩肉连沙子一起吞咽
日光长出耳朵
多像妹妹手持荔枝的样子

夜里的丹岩山庄
像个素人，仅适合泡茶
荔枝躲进布衫里，渔夫歇在蛟龙上
一泡青狮水仙
二泡莫黑堂大红袍
三泡天心村牛肉
幸福这只猫咬住词的清亮
道辉的道场，有岩骨，有花气
有隔夜的粽香

零点过后：大雾拉开，诗人散场

两颗发光的荔枝

在道辉的牙齿上发出轻吟

2019 年 6 月 29 日

光芒来得太快

离开旧镇，空洞的房里浮现出你的脸
像颗补药
养着我零点过后的想

——我又得了妄想症
以为自己 16 岁，你 13 岁
我们策马扬鞭，活得潇潇洒洒

我们从旧镇到紫薇山，睡了丹岩山庄
又抚摸着海西如意城
把剥开的节日，还原成一颗荔枝

光芒来得太快
忘了我诗中那个逃出太久的逗号
还躲在你的药丸里

2019 年 6 月 30 日

界 内

谁说我只是坎井之蛙——

我高：抬头就是天，天上的日，天上的月
天上的风云和雷电
我是可以直接和虹交谈的那个人

我深：我是在地壳里打水的那个人
和最古老的苔藓和壁虎为邻
用鼓腹的低音部，唤醒夏天万千荷塘

在圈状的时空外，王朝更替，江山易主
落下的雨星，恰巧砸中夜蛙，溅起的涟漪
在阶级的分界处，丈量着世界的宽度

2019 年 7 月 5 日

小暑诗事

暑气不来，雨意不散，街木从怀里取出青果
褐色的地砖煮出白光，追着鹿奔跑
我见一首首小诗，趸入巷口

鄢家花厅一场朗诵比一场大雨更淋漓尽致
洋桃树将平摘成了仄
粉墙和黛瓦叠加着长句和短句
我的目光夹进你的诗页里，成了一阕小令
古琴——指尖上的梵音
从漫溯时光的上游，替情歌抹泪
小暑慢熬：问我曾经有否辜负过感情的人
去掉了那些叙述手法
开门见山

将慢火煎出的小暑打上结，佩戴一朵朵茉莉
佩戴闽江风。那些年，辜负过的那些人，那些事
那朵野花，还怀着坊巷里的春天

2019 年 7 月 6 日

把　盏

灯睡着了，灯蛾用翅膀燃烧它的梦
最明亮时我却辜负山村鸡鸣犬吠
一颗蛋青色的黎明

现在我陷入了最轻的黑和木的暗中
抱着一首关于她的民谣，睡着直到变成浆果从秋天唱起
推开棺木的黑暗，与灯对眠

2019 年 7 月 7 日

旧 报 纸

时间贴在墙上，已经斑驳
密密麻麻的文字，像掩护着历史的人群
逐渐撤退。一个年代的印记
在剥脱的碎片中，漏出冷风

老父亲在病中，又将报纸糊上一遍
是今早新鲜发行的晨报
大小合适，内容也不尽相同
这堵墙比任何时候都严丝合缝

椅子背后的阳光，挪了过来
检视着他，一个群众的
真实程度

2019 年 7 月 8 日

叹　天

突如其来又一场大雨，扑向沉默的火焰
我的家园，一些事物遭暴打，更多事物遭清洗
剩下蜈蚣草和凤尾蕨在凉台兀自释放

天空无力描述荒诞的语词。它出售乌云，压低
阳光的价码，把冰雹当骰子抛向大地
水流湍急，赶去赌一场人或为鱼鳖的游戏

挖野菜的少女一次次弯下腰
又一次次抬起了头，擦脸上的雨水，叹着天
手上握紧了那把刀铲，也握紧了七月

2019 年 7 月 9 日

糌 粑

小米白

玉米黄

青稞米黑

是土地由下而上的信仰

褐色的糌粑

是藏人心中虔诚的高原红

福州，在鹰的高度

播撒着云彩

桑吉才让搭建的圣唐阁

把西湖蓝，引到天上

转经轮，唐卡，降央卓玛和她的哈达

脱出尘世的灵魂在歌唱：

"想要飞，飞成仙……"

带着雪域阳光的黏性和氛香

赞吧，糌粑！

被雪峰洗净的声音

每一滴，都是天籁

2019 年 7 月 11 日

鼓　岭

一座山的宽广
不只在于群山连绵，深林无边
还在于包容世界的微笑

一座山的深厚
不只在于埋在岩石下的矿物和奔跑的生物
还在于对这些矿物和生物的守望

一座山的雄伟
不只在于伟人的登临和名人留下多少诗句
还在于人民对自己家园的执念

一座山的高度
不只在于仰望星月的深邃
还在于俯视人间的悲悯

一座山，从肺腑里掏出蕴藏了一个多世纪的故事
说给世界去听

2019 年 7 月 12 日

陶罐里的蛙鸣

一滴灯影落下，惊起蛙鸣
它在陶罐里蛰伏
与流水清音
共拥有一丛蒲草和梦境

只有在夏夜，岚筑游人归来的足迹
踏平疲惫的夜色
它的领唱，唤起山谷回响
而在青石阶边，依然有陌生人探望

我循着它的声音，来到天吧
——有风和鸣，只为这卑微的吟唱
蛙为谁鸣？是左道的刺猬，还是林中的孔雀
稻花无言，望见七八个星天外

它顽固地埋伏在陶罐里，水中的遗址
不紧不疾，像我
埋伏在幽暗的诗里，那样的缓慢
我们相互寻找，彼此聆听

2019 年 7 月 13 日

两只孔雀

它们拥有一个家族，在岚筑山庄
幸福地相守，做森林的主人

山间有声，叩问传说中的公主
你所拥的孔雀氅，如今遗落何方

它们跳着鼓岭上一支孤独之舞
在蝉声和虫鸣中展开

霞色是它们的前身，披着羽衣
唱不被遗忘的歌，走不会弯曲的道

时光交换来去的路，它们一直努力
从自己身体的卵巢里，交出一簇灿烂的遗产

从碎裂的果壳中剥出时间
最终交还给山神，成了风景的赞礼

2019 年 7 月 13 日

桃花酒

桃花红了，春天病了
喝一口，就成了跌落的山涧
在山里汉子的身子里翻腾

鼓岭的桃花有点冷艳，从不正眼看人
兀自开放，并不理会
曾招过蜂引过蝶，来过这个山头

直到被岚筑的主人酿成了春醪
变暖，才有了世间的温情和薄暮
让一座岭，从春醉到了冬

2019 年 7 月 14 日

夜宿岚筑山庄

能够将云霭招揽入怀，它是淡蓝色的
夜宿的诗人，也有着淡蓝色的忧伤
藏在深山里的果子，相约着行走在树林上
这孤单的夜色，让你看到生活的微光

山下万家灯火醉成一堆，是人间散不去的谜团
从红尘中来的你，和岚筑相约，相约的还有一只蓝蜻蜓
是它带你找到泉眼，你的悲欢才有个清亮的出口
月亮是淡蓝色的，喂养了南方淡蓝色的山庄

有时候，大海空掷全部的力量要掀翻一座青岭
还不如招来一缕青岚，扮成仙女
在夜宿诗人衣袖里，抓出一把淡蓝色的雾气
俘获的心在喊：来开房吧！山谷之上，星穹之下

2019 年 7 月 12 日

柳 杉 王

我应该为活得这么老而向短暂的众生道歉

我应该为站在高处而向低处的人群道歉

我更应该为一千多年的繁茂向历尽沧桑的祖国道歉

我更愿意成为山上的子民

而不是什么王。在鼓岭，我愿意

做一个披发如冠又不愤世嫉俗的人

愿意伴在一口冷寂的泉眼身边

听它终日清吟。当我长久地一个人幽居于此

我就会想起那些人那些事

我的心会突然难过。但又想到他们曾有过的事迹

已经都化成风或散落天穹，变成星星

我也会突然激动起来，像一个梦中

迷失很久又找回家园的孩子手舞足蹈

我想我和他们的离去一定是相同的

肤发不在，草木丛生

七月，这些蝉的后代还会重新聚涌而来

为了追忆我曾洒下的那些浓荫

2019 年 7 月 15 日

100

桐　花

桐花开。桐花落

桐花开时，云带着风会过来喝彩

桐花一落，云忧伤地走了，风兴高采烈

山岭上的女孩，像云一样迷惘

她开在一条瘦小的野径上

开在她父母亲清晨目送的眼睛里

鼓岭的春红千紫百，她独爱桐花

昨天，她采回的那束桐花还开在瓶子里

她在等着桐花落下，落下她怀了一春的心愿

高山绵延，大地邈远

一个个活着昂首挺胸的人，踩着桐花离去

而这束桐花，还静静等待她的归来

2019 年 7 月 16 日

橘子与柠檬

黑暗中，我打开花园的一扇门
我要的橘子正在微笑
而另一边的柠檬侧着影子躲着我
我咬了一口橘子：沟腹处
流出鱼肚白

我的心像一枚风干的柠檬
等待一滴露水的探问

而另一座花园
城池大开
剥开的橘子，鸟雀早已衔走秋意
柠檬满树金黄，微乳初问人间
我的一生，谁能供养

2019 年 7 月 17 日

武汉印象

从南蛮之地拖了条长蛇一下进入楚河汉街，龟山如磐

压住灵魂的出口。三日为楚人

我欲登黄鹤楼吟一首白云远去空悠悠

怎奈重感冒，眼前有景道不得

武汉发胖，和我一起冒虚汗

犹记"云横九派浮……"（此处省略去七字佳句）

灰霾起处，见混沌剑神

劈出一道灵水

一条芳洲，一弯孤月

今夜我在城市中心酒店公寓

如误入烟波江上

那个细腰美人，撩开了锦袍早已

卷走了千古风流债

而修地铁盾构机

正将一截残留烽火余烬的石柱

推入深处，为推入更深处的

春秋历史，埋了单

2019 年 7 月 19 日

蓝色药丸

我一感冒
诗歌就瞌睡
一夜无梦
晨起
见草木人堂茶人禧儿发一微信
一位泡茶女
优雅侧身、执壶、出水、品茶、闻杯……
这不是重点
重点是她身着茶服沾上了
天青色的蓝
在我出现鼻塞、流鼻涕、打喷嚏、流眼泪……
我选用含有盐酸伪麻黄碱和氯苯那敏的复方抗感冒药
新康泰克
也是这种天青色的蓝药丸
感冒顿时消失

生病能缓解诗意
也能赎罪

2019 年 7 月 20 日

新洲有个诗人叫李燕

过了倒水河

就到了李燕诗家

仅一日

茶足，饭饱。新洲的午后

行道树也动了尘念，驱走热浪

将凉风揾在我的心口上

李燕，太热情

恨不得端出新洲所有的美物让我们赏个够

我说：李燕，你把我们当搬运工来养

我们不过是文字里一枚瘦月亮

半老不老一放翁

一大桌酒菜，和着月色，让我起了夜游赤壁之心

就想和你驾一叶扁舟，举匏樽以相属

和苏轼或周瑜论英雄

在墨颜堂，我笔墨未涉，只清谈

不解时局，不问世事

山场，野茶，花气，酒色

就是故意将诗歌搁在一边

在这里情重，诗的每一行更重

你要挺起腰板子

一个字一个字搬运出来，都是

命与命相惜的词

2019 年 7 月 21 日

大暑过后

大暑三秋近
大也是残
所有事物都将会在自己的盛宴后
落幕

绽放的少年在追赶风叶上焦苦的蝉声
金龟子在寻找水中的面孔
竹床寻找蒲扇的凉夜

山村的夜是蓝色的，像大爷老烟筒吐出的烟雾
弯月脱离了树枝，青檬一颗
照亮田地里一茬茬全穗的汗滴

我把大坝扎在腰间，让水流从啤酒的泡沫里涌出
我要给大暑添上一把火，把大暑做大
让盛极一时的夏天，化成一星萤火虫的秋天

天空遭受火焰清洗
雷声炸响的云朵附近，大暑举起旗帜
像此刻我们悲喜交加的心情

写于 2019 年 7 月 23 日夜

小 窝 窝

如小窝窝，你的脚踝上有水纹在跑
小窝窝，小鱼揪着你的影子在跑
一块水广场，仙人爬过，鸳鸯飞过，猕猴恋过
小窝窝，是流水把你带到这里，并让你从
光影里站成桃花的样子

你就是水上的佳人小窝窝
撒出一把鸟的鸣声，水波就泛起白光
青山就摇响了哗啦啦的林语
我和你一起拍打水上光阴
我和你的影子都揉入水里被小鱼叼去

从五老峰上跌落的月色，忘了时下大暑
将山中清冷一圈圈扩大到我枕边
本想将擦拭天空的手帕
以水的洁净，擦拭着你一生的婚床
你以缚鸡之力，擦拭去尘世之心

谁是双龙桥上羽林郎啊？小窝窝
见了流水就起意
见你青丝遮面，袖里生风……

                                    2019 年 7 月 24 日

千 乘 桥

之于水头，我偏爱
水尾，它收住村庄一抹不舍
晚霞论证黄昏的这一刻
像你当年送别的眼波
疏离又亲昵

之于宏伟的大桥，我偏爱
廊桥，它是含着村庄的木质口琴
守着这个土地上的习俗
赤脚踩着节拍，风雨
也怀有乡音，遥远而亲近

之于万种风情的西湖，我偏爱
千乘桥的夜色
寂静弯曲的河道，月亮每晚垂临
和白银的岁月去谈一场爱情
平淡又持久

在千乘桥上，一个拿桃花酒还魂的人
抬头望佛，佛光明亮
低头看影，顾影自怜

2019 年 7 月 25 日

龙潭里，喝六碗摔碗酒

祖辈们喝摔碗酒活成玉米的样子
在野花和瓦屋之间
蜜蜂最忙，玉米最抖擞

我喝摔碗酒，避开了三礅柱和石拱桥
六碗摔碗酒过后
立着或倒下，拽着金黄，忘了前程

就让我醉死在龙潭里，埋在清风里
把我拧紧的诗句，和大蒜尖椒吊在檐梁上
有菜干的香气，从竹箩里泄露出来

生活在行走，要爬一座座山，翻阅一页页村庄
才能停下来。一群外乡人摸到了家的门号：
八扇厝，小梅桩，悠然，其祥居……

他们都是能喝满六碗摔碗酒的人
在雉鸡和水松之间，扯起一道坚固的篱墙
摔碗为盟，顺便做了龙潭里的村民

2019 年 7 月 26 日

芦苇边上的天朝

"开封城，城摞城，地下埋有几座城……"

容易折弯的芦苇
并没有让护城河水越过城池
它比城墙坚固
艨艟不能进，谗言不能进，浑水也不能进

在周王府的下面
城摞城——
京都，省府，重镇
被历史的瓦刀砌就一个地下大梁

我终于读懂了"黄河之水天上来"的诗句
水带着土，堆积脸面全无的帝国
千年的历史没有疆域
只有厚土

繁华一旦落尽，就会被埋葬
再厚重的城墙终将倾倒

芦苇依旧
而一场龙卷风，又让城墙摇晃起来

2019 年 7 月 29 日

城墙外的槐花

开封人将它赋予美食的含义

称它"槐脚儿",捋一把,烙饼,炒蛋,炖粉条……

我更喜欢看你把它们放进柳筐子里

洗了又洗,像给宫女净脚

一遍遍。宫女穿着白底绣花鞋

她们一辈子在宫墙里走

槐花开在外头。偶尔她们会在五月出得来宫门

只为了采槐花,那时开封的天撒着笑

是白色的,那时小摊上卖的"槐皮饸饹"是香脆的

那时槐花蜜、槐花酒是原味的

那时我还没出生,还没有一个地方叫周宁

那时南方的国槐开着是黄花

一直开到现在——它们从来没见过宫女的模样

也不知为什么叫"槐脚儿"

你不容争辩地说,槐花只开白色

槐花糕,雪一样白

那年你得了尿血症,母亲将晒开的槐花研成粉末

一口一口地喂你,轻声唱着:

开春的冰乳哗啦啦

城墙外的槐花白花花……

2019 年 7 月 31 日

宣纸上的诗句

我可以用最古老的水墨

在宣纸上，寻找汉唐月明中那古典的云水

写最古老的诗句

其实我是一直躲在旧时光里的

一滴墨迹，偶尔淡出

想和这个时代交换生辰八字

我新鲜的晚年，留一段纸上飞行史

无须裱褙，生命在世界的阴影背后变得完整

它的美，秘不可宣

2019 年 8 月 2 日

藏云香炉

——给林建军同名木雕作品

不再去点亮八月的枝头

就去点亮琴舍吧，取出最美的那部分节瘤

做你的炉房，轻取你一段心香

你宁静虚无，身体里捂着灰色的黎明

暗淡而寂静的，告慰燃烧和流动的

时间的烟，从低矮的庙宇经过

龙眼桠根，如修行者木讷地爬行

云在里，云在外，藏不住，都在搬运着梵文

都在泄露深爱的秘籍

2019 年 8 月 4 日

心有星河

七夕又现
用一小件童话去消费十几亿人的夜晚
关于织女星和牛郎星，其实没有人
真正去关心来自鹊桥的消息

我更喜欢在七夕过后
看那些散场的人群从幽蓝的天空
走回，一些人唱着曲
一些人吟着诗，仿佛被羊群爱过那样

仿佛爱就应该是遥远和漫长的
而事物在它的反面
经历一场风雨暴打，大海翻滚过的泡沫
正如貌似永恒的星河

我早已丧失了那么多七夕
终将还在丧失。我的七夕埋在童话里
我还在望着：哪颗是织女，哪颗是牛郎
还在做一个有星河的人

立　秋

大树将风扬了起来，秋天就披着斗篷
走来，它猛然抖动了一下
——台湾宜兰海域发生 6.4 级地震
提醒我们海峡一水之隔的
宽度。山竹和莲雾，在夏天
裂口处显得特别清甜
我从江边摇晃的大楼上下来
和张弛赶赴海峡两岸青少年中华经典诵读会
在豪柏酒店，古诗安顿着少年心
学李白仰天长啸
或曹操对酒当歌
都不及一尾无骨鱼从浅水河湾生涩游过
来得生动。就像立秋突然而至
公元 2019 年 8 月 8 日
睁着惶惑的双眼，还未将经典的夏天背熟
就挥高了蝉鸣，闽江水也变得清澈
秋从一行白鹭的句子里
站了出来，也站在水葱和狗尾巴草之间
——今年的秋天
和李白当年看到的没有什么不同
只是在我心里多摇晃一下

七夕之夜

我去你的星河打探消息
一脚踩空
滑入你黑洞里了——
潮湿的，润滑的，扇动着鲜贝般的气息
织女在七夕夜里打开的气息

你抓紧我垂落的根茎
在海床上膨胀，如定海神针
簇拥于莲花之间——
舞动着，旋转着，绽放着花骨朵的呻吟
直至星星散发成一团星云

七夕是一线天
鹊的巢穴
神秘的盘丝洞
星云密布的小宇宙
只让情人呼啸一声，通过

握紧月色的，都不是诗人

为水着色，莲花败落，她的面孔
羞于与飞雁对视。天空，心头的火烧云正在散去
这座山谷里，风车草枯黄了旧时的道路

能够握紧月色的，都不是诗人
是举着白瓷的杯子，把大地当大好的茶席
秋天，在蝉声禁言的地方喊出宽广

日头如何被诅咒，就如何打破高温的惯例
听过经书的老枞，一壶水冲泡它的来历去往
我却忘了上次和你喝茶，是在哪段湖边

武 夷 居

——给清霜一叶

一面湖水，还未命名，就将龟山
揽入怀中。低于雨后的云朵，描述三横为王
不忘彭祖的遗训，居武夷"遁迹养生，茹芝吸露"
你于凌波仙女会阴处，打开闲舍之门
万木清霜中，独候一叶凉风

我找灵茶来此，不数桃枝，不顾及铁丁树与莲蓬
成长与衰败。你是自带神草的人，离开兰汤
又搬入小筑8号，野蔷薇还能开几色花，还有谁
一个人独居一隅，寿享八百
一个人走过千山万水，须臾之间

安 全 帽

八月的阳光砸下来
是沉重的，打夯机是沉重的
脖颈上滴落的汗水是沉重的
新建地铁口，那些南腔北调的吆喝声
高架桥上高高的塔吊
举起午后的沉重，让城市去背负
空调是沉重的，写字楼前欢迎词是沉重的
领导来指导的工作是沉重的
工期越来越近，赶工的人是沉重的
落在外来工身上的八月阳光
都卷成了汗水
他们眼里的未来是沉重的……

离弃村落的人，没有月光
窝棚里酣睡片刻，睁开双眼
安全帽是沉重的，扣在他们的头上
他们的热血是沉重的

中 元 节

这夜晚我领着一尾提灯鱼在人间奔跑
没有船，没有经幡，没有白纸黑字
没有我母亲生前惧怕的高音喇叭
中元节的烛火在招手，烛火里升出的诗句在招手
一杯黄酒在招手，让我忘了阴阳的界线
让我跪下，在母亲慈爱的目光里

没有药房，白大褂，淡蓝色护士帽
没有听诊器，导管和医疗器械
好听的护士之歌是唱给穿花衣的小燕子的
是那个新年母亲给我穿过和哼过的
从病痛和苦难的缩影里走出
晚年不当护士的母亲吃斋念佛祈祷家人平安

中元节，有一条没有心脏的河床在招手
一尾提灯鱼走过，没有惊动水声
8月23日，国际黑丝带日也是母亲的祭日
低飞的小燕子在招手，轻轻滚过的雷声
像一句短暂的诵经声在招手
中元，离母亲最近，和人间最亲

2019 年 8 月 15 日中元节之夜

西 江 月

你的白纻裙和小红马
停在小区门前的眉心妆
"我到了"——
细叶榄仁把琐碎的光影留在湖面，你爱西江月
也爱栀子花的香和白
爱晚风中的等待
登场时的花枝招展

你爱苜蓿草和马齿苋
它长在你的池塘
消除过敏的福鼎白茶，你爱它的初心
乐谱
琴台上的菖蒲
踩过的石板桥
经过母亲家门口的小河

在一米禾山，人是可以和自然相通的
你饮用太平保险的雨水
给共和国插花
有时还点上一炷隆务大寺供养的藏香

唐卡、砗磲和经典选集

卧室与佛堂

和平共处。你爱大同世界

而我爱你退场后的素面朝天

爱磨盘一样的村庄，磨出豆浆

爱你风吹麦浪的社会主义新生活

重新归来的指尖

敲打我的心脏

爱你今晚转动的身体，爱石斛和铁棍山药

身体里的安魂曲

狗尾巴草

那年月有人将你编成麻花戒指
那年月的浪漫简单又纯朴
那年月我喜欢往山野跑
追着蒲公英，它飞得比你高
你高过水芹和萱草的眉眼处
那一年我拿你编了顶草帽
戴在邻家妹子小芹的小辫子上

多少年以后，风依旧顺着我跑过的山野吹
远处的村庄早已缩写成潦草的败笔
小芹姑娘在城里找到了好人家
风吹旧的地方，一群孩子从你身边跑过
现在的孩子不认识狗尾巴草
山川秀美，大地邈远，万物枯荣中
你独自摇曳，空空荡荡

秋天的含义

一个人在家中坐着。口齿发出茶香
秋天坐在缄默的芽苞里

秋天举起少妇的乳房，她是饱满的，压低八月的果实
果实结在河谷两旁，在诗人和疯子的眼睛里。果实是秋天的乳房
正在向你靠近

风带着阳光，抚摸……果实，宁静甘甜

内心鼓动着浆液，复活了——
我也无法拒绝成熟，无法留住秋天的婚礼从芳香
走出
无法抓住时间的含义
一阵恍惚之后
我又坐回缄默的芽苞里

把日子煮成茶

围桌而坐，铜壶煮茶

生日前夜先用黄桃的意象加冕

有了老寿星的飘然

读浩珍《一个人的精彩》，诗会说话

正如好茶会说话那样。如心阁

把日子煮成茶，过成诗

你可以昆曲，古琴，焚香，挥洒笔墨

将一副皮囊当作华清池

诏告天下：此生做你山谷里的老枞

窗外风雨径自斜去

山河风月不关我啥事

茶泡三千

我只取一瓢饮

今夜，我将多年前写给许晴的长诗又读了一遍

茶杯里落入一枚星辰

似泡茶人的眼，含住了

一滴清泪

在鲁院，遇见拴马桩

马都跑哪儿去了
拴马的汉子都跑哪儿去了
营房，农舍，埕角厝，城门口
拴马桩都哪去了
风霜雪雨里的马槽哪去了
那些马鞭子，缰绳哪去了
蹬踢的蹄声，清脆的脖铃声和高亢的嘶鸣声
金戈铁马的岁月哪去了

今天入住鲁迅文学院
竟然遇见院子西北角有一丛拴马桩
高低不同，大小不一
顶端上刻着各种雕塑图案
在看见它们之前我并未想过
我同诗歌缓辔而行
而时光之蹄飞奔而去，每一步都踩在
心上

夕光中，我看到鲁院打开的每一页
盖上了历史金石的印记

处暑过后

雨水在六月像大地的排泄物

洒满了天空

也把云朵弄得乌漆墨黑的

窗外整条江代替了黄河的黄

七月我在武汉和开封

掏出一条条毛巾似的诗句，用它擦汗

却把八月的脸越抹越黑

终于等到了立秋过后

我才可以打紧领子，做个正经的人

到鲁迅文学院和诗人聊天

又转去恭王府参加庄严的佛瓷展

做一个身上不传达出异味的人

在南方，最害怕提"锅炉"二字

会让怀着稻谷的田野早产

会把野葵花的天边云彩烤成烟叶

会让狮子座男人在惶恐不安中度过生日

都过去了，现在我终于

收到秋天第一张请柬：

你可以做一个无炎、滋润、紧致的人

像果实那样优雅从容

以饱满芳香的热情，准许你

去和这一个季节发生一场死去活来的恋情

邀请者：处暑

月　鉴

苏东坡从承天寺返回
与张怀民共赏的那轮月还高高挂着
一挂千年
人影如鬼影
害得我常常半夜三更踅出小院
与月亮较劲

说什么江山本无主
闲人自得之
相鼠有皮，人而无仪
多少文人骚客
在人间不说人话，说鬼话
但这句，我信

闲 笔

秋天还没成熟
还在寻找属于自己的一片叶子
寻找扇子
往事，萤火虫的夜晚

我回到"江滨壹号"
我喜欢近旁会呼吸的江
喜欢一排没有深意的小叶榄仁
懒得停靠的船
和泊入水面的灯火

左手上方，一朵白鹿状的云
经过台风的修饰
成了这个初秋文辞中
最轻的闲笔

在沙县和诗人谈诗

诗中提灯人
敲鼓人
走夜路的人
齐聚鼓楼坪下
号脉，开处方药
也灌迷魂汤

虬城小吃
进入四海的胃囊
裂荚的豆子逃出沙村
扁肉和拌面
富含着土地质朴和丰厚
撒点葱花，闻到了香

我们一边吃着小吃
一边将诗剥开，检测它的含毒量
窗外，爬山虎攀上了
帝王色的砖墙
这时你告他们诗歌有毒
会被小吃噎死

到马兆印家喝酒

世人皆醉的时候
我喝酒
让废弃的骨骼清澈
承受大蓟草沉默的忧愤和不安

一个姓马的诗人
埋在筋络里的红釉做诗引
酿出两坛好酒
从他"那些情色"诗中，喝出如梦初醒

他住的棚户区，借着荒草和夜色
掩护了两段出轨的道路
像他这一生，不为时间而动的
铁石心肠

下落不明

铁轨上几株草
代替了你那几句风言风语
好在琅口村有点耳背
江郎子的夜一点一点苍老
老马牵我的手潮湿温暖，像他的棚户屋

喝酒的人醉在自己的故事里
草不排队，草在传递蚱蜢的消息
我左耳听老马讲铁路史
右眼在找失散的你
山城窄小，足够让你下落不明

草一个劲长，铁轨很长
足够让一列绿皮火车下落不明
已经过了夏天了
我曾经撒向人间的那把爱情
早已下落不明

我捡起一块石头轻轻敲击铁轨
一种荒凉凭空而来

你是我未曾睡过的春风

你身体里的蓝印花布
修出了两朵
一朵梅花，一朵清霜
都被白雪招呼过，都睡过春风
从村庄痛经的腹部
点一口茶，点上女人的矜持

弥陀岩肉桂是什么茶
被你太极手搓过
被你的香迷过
你的清和静，从唇沿到心肺
只一缕茶气的功夫
你是在我身子里开讲的弥陀经

是胸前的梅花露
是颈纹的清霜蜜
是蓝印花布里
被白雪招呼过的那个娇娘
她睡过的春风
漾过今夜我的十里河滩

诗人皆爱院子

有清风，接地气，承天露，可望天
对接小鸟的碎语
也会给蛐蛐和秋蝉等调换频道
果壳裂开，草木枯荣，花事更替
和这些宿命事物一起轮回
拿词和它们对视

最懂院子的人买不起院子
腰包里剩下几个钱
买了酒喝，借着酒兴唱道：
"最可惜、一片江山，
总付与啼䴗。"

那 一 刻

用昆曲吊出的细嗓子
心眼也细
把十点以后的夜幕
缝上了蓝调
留下无限清韵
流落城市深处的灯火
挤出几滴
让我没有反抗之力的眼泪
它比星星
妩媚

很难想象一个女人裸出体操的样子
飞翔的样子
将你身体当鞍马
三百六十度托马斯大回旋
她脱出尘世那一刻
就是你坠入深渊
从死去里活了
过来
那一刻

我归于安静之时
世界还在翻转

桃 金 娘

从你捧着的手纹里走出来
从雨林的山窝窝孵出一声叹息
苞衣薄凉，透着思虑

隆起的腹部，停放一群蜂鸟，唱着九月
被秋风带走的热忱，不要月牙
也不要虫声的慢，只要诗歌中的小小乳

秋天的桃金娘，和那年丢失的爱人
混为一谈的，是一身蝉蜕般轻盈的苞衣
她的金色，让这个夜，思无邪

"90后"诗人

那些擅于用动词的诗人
是常常给词语
补钙
挺得稳，有骨头
蜕去肿、懒、散等文法痼疾
从口语时代逃出
拿长矛，刺入时间

爱用动词写作的人
追过绿皮火车
把痛，放在枕木上
灵魂中，有铁轨的硬度
子弹的愿望。将高铁
抛向脑后的，是把
马蹄形的钥匙

他们为麻雀建了座庙宇
佛堂前
供了一列火车
有顽劣的废墟

遗弃在灰白黑记忆中
夜明珠
按时发亮

近旁的木棉

长在舒婷诗上的木棉

移到了我的近旁

成了"江滨壹号"嗜茶人的背景

橡木在北方脱下白皮

伪装成茶桌

偷窥木棉与江风亲昵

和松鼠吵闹

闪烁的叶子轻佻地摇摆

远离凌霄花和那一场露水

把无数星星藏在叶里

啁啾的鸟儿不再痴迷于绿荫

低矮的河岸

衬托你降落在这个夜里

一点点的威仪

装饰了女人的烟火

将木棉花一次次点燃

让我们念念不忘的不是爱情

是爱情中的自己

心有微澜

九月

逼近一个大词

我提回一斤猪五花

庆祝一下土生土长的胃

是炖，是红烧，还是回锅小炒？

竟然有些犹豫

最后决定用一勺生抽，半勺冰糖

没上肉面的水，大火煮到上气转小火

加点料酒大半刻钟就出锅

九月涨起来的烈日在红烧中呈现

暗红透亮

逼近我心中的大词

白衬衫下的小苹果

衣带间的桃金娘

好看的九月蝶

抿着秋凉的小嘴唇

飙一曲高粱红

九儿走过九十九道坡在九月九

飙上九月最高音

一想到你我就

空恨相认晚

放你的歌

从声线里出发

翻过九月九十九道坡

忘去那些大词和涨价的部分，让你成为梦中

依了我的小新娘

哈雷近期诗歌写作的三个维度

景立鹏

　　阅读哈雷的这几组作品，我不禁感叹，诗歌对于不同的人到底意味着什么？一种知识，一种能力，一种本能，抑或是一种生活方式？或者兼而有之，又或者只不过是诗人不同人生阶段的不同面孔。在我看来，对于诗人哈雷来说，诗歌更像一种呼吸。他在诗中用一种自然的呼吸方式实践着他与诗歌、世界及个体生存之间的内在关系。这种自然的呼吸方式，既能让他获得对世界的独特经验形式，又能让他感受到生存肌体的创痛，同时还能让他领会到诗歌作为一种独特的呼吸方式的界限与潜能。

一、大于诗的事物

　　在现代生存语境中，人的主体理性得到极大的张扬，自然和世界是用来征服、支配与塑造的。某种程度上可以说，现代性是一种缺乏敬畏的社会特征。但是在哈雷的诗歌中，却保留着这种宝贵的精神质素。这构成了诗人对世界独特的观照和思考方式。在他的笔下，自然世界不再仅仅是目标性、对象化的存在，而成为诗人自我敞开的一个契机。例如在《一个人的深远》一诗中，自然，成为诗人"获取孤独、自由和事物背后的美""去体会南太平洋苦涩的风浪／一个人的深远，一个人的欢欣"的机缘与背景。在这一机缘中，诗人始终保持着对自然的敬畏与渴望。一种仰视和向前的精神姿态自始至终伴随着诗人凝望的精神视角。"我以人子的名义追赶着你……我所敬仰之物/都沉浸在暮色这宽大羽翼下""我捡拾着落叶……我将它视为你寄给我一封封情书"等，都是有限的个人视角对无限的自然的仰望，因为自然在这里是大于诗歌的事物。诗人只有在不断地对自然的虔诚仰望中，才能看到"日落也是一种赞美。绝尘而去的吉斯伯恩/黑暗又将光线/举过了我的头顶"。好的诗人就是能借诗歌抵达大于诗歌的事物的人。在大于诗歌之处，世界与自我才能获得真正的深远、欢欣与自由。

这种开放、超越的空间视角使得哈雷笔下的南太平洋成为一个超越人世生存的他者化的精神主体和伦理尺度："它在消化世界的烟尘、痛楚，重金属的思想/搅拌着夜的胃囊，依旧饱含冤屈/它喂养大陆和人类，从未向他们有过索取/馈赠是它唯一的自然教义"（《南太平洋海》）。消化与馈赠和世界的焦躁不安构成两种对比性的价值秩序。可以说，正是诗人这种从大于诗歌的事物中获得的启示与滋养，让其在飞鸟翔集中悟得"抵御寒冷的一种方式"（《飞鸟翔集》），使其在金色河道中像一段漂流木"远离火焰/远离燃烧的人群"（《漂流木》）。也正是因为这种超越性尺度的介入，哈雷诗中的自然风物书写并没有陷入俗滥粗浅的遣兴抒情，而是内含着深重的人类生存隐忧。因此，当他品味时间赐予的葡萄圆润和时间甘苦之时，不由得想到的却是"人心干瘪"的惆怅；当他看到辽阔的新西兰草原上用乳汁哺育人类，铺满山谷的牛羊群时，想到的不仅仅是它们的奉献与隐忍，而是它们被囚禁、宰杀的命运。这无疑与更深广的人类生存紧密联系。在这里，异域的自然带来的不是廉价的诗歌的奇异经验，而是具有超民族、超地域，甚至超诗歌的精神体验与文明反思。

二、"我用写诗的虚无对抗不写诗的虚无"

由于饱含着对诗歌的内在体认，对大于诗歌的事物的仰望，哈雷能够内在地领悟诗歌的虚无性与存在的虚无性，或者说，他正是用诗歌的虚无来面对世界的虚无。从这个意义上讲，诗歌扮演着一个乌托邦的功能，诗人通过诗歌一方面自我持存，另一方面与世界对峙。正如其在《诗歌就是一个人的老鼠洞》一诗中所表达的那样："——我用写诗的虚无对抗不写诗的虚无/诗歌，是我一个人的老鼠洞/也是逃生的出口"，这样的表达让我们想起辛波丝卡的名句："我偏爱写诗的荒谬，胜过不写诗的荒谬。"在这里，荒谬也好，虚无也罢，它们指向的都是对世界存在主义的认识与对诗歌本体意义的领悟。正是因为现实生存的虚无与荒谬，写诗的虚无与荒谬才显得更加有意义，因为它让人从"玫瑰与荆棘相互纠缠/经书与教义虚构/冲突。蒙昧与超现实共用一张惊愕的脸"（《诗歌就是一个人的老鼠洞》）的生存境遇中获得洞彻和解脱。同时，这也是诗歌的内在使命。诗人对诗歌与现实生存之间紧张关系的触摸，正是自觉承担这一使命，承担这一"智性的疼"的过程。虽然诗人长期生活在远离喧嚣人群的新西兰，但并不意味着诗人现实的逃离与背叛，而是一种距离性的重新观照和敞开。正如诗人所言：

新西兰，身体和涉及灵魂的

纯净

但我不想看到诗歌倒立在这个词上

遥远、美丽而哀伤的样子

我作品的枝条

睾丸一样的果实伸手在即：

你能握住我

智性的疼

———《在南十字星下》

他的深挚的抒情包含着广阔的视野和坚实疼痛感，虽然他渴望"因为简单所以活着的生活"，并直言"我的思想没有深浅／我的爱缺乏内容"（《我爱北岛字下图上的生活》）。当诗人意识到思想的深浅与爱之内容的缺乏时，其言外之意恰恰是对思想深浅与爱的丰富性的先在体认与追求。也正因如此，诗人才敢自信地放出豪言："我要像海床删除风暴／海鸟删除去秃鹫的翅膀那样／删除群里与种族有关的歧义话题"（《让海洋删除风暴———致世界诗歌日》）。诗人在这首诗的开始引用阿多尼斯的名句，即"世界让我遍体鳞伤，但伤口却长出了翅膀"，本身就是对这种以诗歌的虚无承担人类现实生存的崇高使命的认同与向往。同时，应当强调的是，诗人将诗歌作为逃避苦难、不公、伤害的乌托邦家园未免太过天真，首先理想化的"删除"是不可能的，另一方面，对于诗歌而言恐怕不是删除，而是直面与承担，用诗歌的方式承担时代生存的重荷与复杂性，用诗人自己的话说即是"我用写诗的虚无对抗不写诗的虚无"。

三、诗歌与界限

哈雷的诗歌中包含着或现或隐的空间意识，具体来说是一种边缘意识，并且通过这种边缘化的空间意识，实现对人类整体性境遇的内在观照。事实上，诗歌从来也不奢望从整体上将存在的真理一网打尽，而是在边缘处窥见生存真相。不管是哈雷对于新西兰自然风光、人文景观的书写，还是对三坊七巷、抚琴者、锔瓷者等传统经验的书写都包含这种对边缘意识的激活，即便是对现代经验的认识也包含着一种空间体验的多样性转换，例如一组以"物"为核心的作品——《围挡之物》《高空坠物》《犄角之物》《沉淀物》《无用之物》《城市高处》《陶罐里的蛙鸣》等，均是如此。这些事物既包括现代空间之物，又包含对现代经验的物性感知和心理体验，它们通过诗歌生成了一种独特的带有整体性和隐喻特征的经验空间。例如《界内》一诗，一般而言，井底之蛙被赋予一种视野狭隘与片面的价值象征，但是在哈雷的笔下，井底之蛙恰恰在高度与深度两个层面获得对世界宽度的认知：

> 在圈状的时空外，王朝更替，江山易主
>
> 落下的雨星，恰巧砸中夜蛙，溅起的涟漪
>
> 在阶级的分界处，丈量着世界的宽度

在有限的空间中获得深度、高度和宽度。这是一首元诗性质的作品。界内界外只是相对的物理界限，而非心理界限、精神界限。诗人就是在有限的物理界限之间打破壁垒、纵横驰骋的人。在诗歌的意义上，空间的逼仄与宽广只是相对的，是流动的和策略性的。又如"满城尽是黄色的墙/用塑料，束紧心脏/用十四亿双眼，矗起探头"（《围挡之物》）中的围挡之物触及的是一种社会权力文化的空间，而《高空坠物》中所营造的就是一种现代心理经验空间和个体精神空间：

> 我阅读的高处充满悬念
>
> 一只眼睛深情，另一只苍茫
>
> 大鹏翻阅乌云黑色的书单
>
> 它拥有大气的著作权，推广盛世诗章
>
> 在它作业的顶处，一些累赘的形容词
>
> 像高空坠物

> 不断地造成人群的慌乱和尖叫

> 他们开始奔跑

　　这里指人类的理性对自然的压力与破坏。人类文明的诞生与发展固然有其美丽光彩，但是对大地带来的傲慢与重击，却回天乏术。"高空坠物"正是在这个层面上隐喻人类现代生存所面临的危机，构成诗人精神认知的空间隐喻。

　　当然，在现代世界搭建的物质乌托邦中，诗人深知诗歌只不过是犄角之物、无用之物，但是他也深深认识到这种边缘性恰恰使其能够站在一个更加清醒的角度抵进时代生存的内部，触摸时代生存的精神纹理。"家乡很狭小，犄角之物越来越大"（《犄角之物》）所透露的正是犄角之物本身蕴含的精神文化潜能。诗歌"虽无用而独存"，就像"陶罐里的蛙鸣"："它顽固地埋伏在陶罐里，水中的遗址/不紧不疾，像我/埋伏在幽暗的诗里，那样的缓慢/我们相互寻找，彼此聆听"。因此，可以说，诗歌、诗人是有限的界内之物，同时又是无限的界外之物。

　　（作者单位：河北师范大学文学院）